# ABSCHIED VON WUNDER

**Über die Autorin:**

Joanna Campbell wurde am 2. November 1946 in Norwalk, Connecticut, geboren.
Nachdem Joanna das Norfolk Community College abgeschlossen hatte, heiratete sie 1969 Kenneth M. Campbell. Die Ehe, aus der Joannas zwei Kinder Kimberly und Kenneth hervorgingen, wurde jedoch geschieden. 1988 heiratete sie Ian Bruce. Die Familie zog nach Maine und lebt heute an der Küste in Camden.
Joanna Campbell ist Autorin von Erwachsenen- und Jugendbüchern.
1981 veröffentlichte sie ihren ersten Roman für Jugendliche.
Bevor sie sich aber ganz dem Schreiben widmete, besaß sie ein Antiquitäten-Versand-Unternehmen. Außerdem studierte sie Gesang und klassisches Piano und arbeitete professionell in beiden Bereichen. Sie liebt Tiere, besonders Pferde, und hatte selbst eine Quarter-Horse-Mischung namens Moe.

Joanna Campbell hat für ihre literarische Arbeit bereits verschiedene Auszeichnungen erhalten, wie zum Beispiel
*West Coast Review of Books Bronze Forgi*, 1984, Historical Fiction.
*Romantic Times Award*, Best Time Travel Novelist, 1984
*Romantic Times Reviewer's Choice Award*, 1984 für „Love Once Again".
*Minnesota Youth Reading Association Lovelace Reading Award* für „The Mustang", 1991.

Die Vollblut-Serie von Joanna Campbell erscheint regelmäßig im PonyClub.
Und darum geht's:

*Christina und ihre Cousine Melanie leben auf dem Gestüt Whitebrook, das Christinas Eltern Aileen und Mike Griffen gehört. Die Pferde des Gestüts sind der Lebensinhalt der Mädchen. Während Christina irgendwann mal mit ihrer Stute Sterling bei den Olympischen Spielen starten möchte, träumt Melanie davon, ein berühmter Jockey zu werden. Doch mit der Ruhe ist es beim Leben auf Whitebrook nicht weit her: Mit ihren Freunden Dylan, Parker, Kevin und Katie erleben Christina und Melanie immer spannende Geschichten.*

PonyClub

VOLLBLUT 36

# ABSCHIED VON WUNDER

Von Brooke James –
nach einer Idee von
Joanna Campbell

Pony Club

Titel der amerikanischen Originalausgabe:
THOROUGHBRED 36 – WITHOUT WONDER

Pulished by agreement with
17th Street Productions/360 YOUTH LLC, New York, USA

Dieses Werk wurde vermittelt durch die Literarische Agentur
Thomas Schlück GmbH, 30827 Garbsen.

Übersetzung: Nina Thelen

Herausgeber und Verlag:
PonyClub, Stabenfeldt GmbH,
Oskar-Schlemmer-Str. 11, 80807 München
Redaktion und DTP/Satz: Stabenfeldt GmbH
Umschlag-Gestaltung: Stabenfeldt AS
Printed in Germany 2006
ISBN 978-3-938308-61-5

# Kapitel 1

„Auf geht's, mein Mädchen“, sagte Christina zu ihrer Vollblutstute Sterling Dream. Sie löste den Anbindehaken und führte die Apfelschimmelstute die lange Stallgasse des Zuchtstutenstalls hinunter. Die anderen Pferde kauten in ihren Boxen ruhig ihr Morgenheu und blickten nur kurz auf, als sie vorübergingen.

Draußen stakste Sterling vorsichtig über den schneebedeckten Boden, bis Christina sie mit einem sanften Ziehen anhielt, um nachzugurten und aufzusteigen. Der Ledersattel fühlte sich durch Christinas dünne Reithose eiskalt an. Bei der Kälte, die in letzter Zeit herrschte, fiel es schwer, zu glauben, dass es schon Februar war und der Frühling vor der Tür stand.

„Steh“, sagte Christina, während sie die Zügel aufnahm und die dunkelblaue Fleecedecke zurechtzupfte, die Sterlings grau geäpfelte Kruppe bedeckte. Sie zog sich die Decke über die Beine und steckte die Enden zwischen ihre Knie und den Sattel. So würden sich weder sie noch ihr Pferd auf dem zwanzigminütigen Ritt nach Whisperwood, dem Reitstall von Christinas Reitlehrerin Samantha Nelson und ihrem Mann Tor, erkälten.

Trotz der Abschwitzdecke zitterte Christina vor Aufregung und Vorfreude. An diesem Wochenende fand auf Whisperwood ein zweitägiger Dressurlehrgang mit Lars Stockholm statt, ihrem großen Idol im Vielseitigkeitsreiten.

Seit Monaten fieberte sie dem Lehrgang schon entgegen, und insgeheim hoffte sie, Lars würde sie einladen, im nächsten Winter bei ihm in Florida zu trainieren. Lars Stockholm hatte die *Jungen Reiter* ins Leben gerufen; ein Programm für junge Vielseitigkeitsreiter, die eine internationale Turnierkarriere anstrebten. In ein Team der *Jungen Reiter* aufgenommen zu werden, bedeutete einen großen Schritt auf dem Weg zu den Olympischen Spielen – Christinas höchstem Ziel. *Junge Reiter* mussten mindestens sechzehn Jahre alt sein, also fehlte Christina nur noch ein Jahr. Eigentlich war sie am ersten Weihnachtstag erst vierzehn geworden, doch in den Augen der USCTA – der *United States Combined Training Association*, also dem amerikanischen Verband der Vielseitigkeitsreiter – galt sie ab dem ersten Januar als fünfzehnjährig. Bei Rennpferden funktionierte es genauso. Alle Vollblüter wurden offiziell am ersten Januar nach ihrer Geburt ein Jahr alt, unabhängig davon, ob sie vielleicht erst im Oktober geboren worden waren.

Christina trieb Sterling mit den Schenkeln vorwärts, den breiten Feldweg zwischen den beiden hinteren Weiden hinunter. Die Stute folgte willig, den Hals gewölbt und die Ohren in Richtung der ovalen Trainingsbahn gespitzt, die den Hang hinab zu ihrer Linken lag. Am frühen Morgen waren auf Whitebrook, dem Vollblutgestüt und Rennstall von Christinas Eltern Aileen Griffen und Mike Reese, bereits alle an der Arbeit. Christina erkannte die junge Fuchsstute Missy, die mit ihrer Cousine Melanie Graham im Sattel um den hinteren Bogen trabte. Plötzlich blieb Missy unvermittelt stehen und warf Melanie nach vorn auf ihre Schulter. Christina lachte in sich hinein. Missys voller Name lautete Mischief Maker, was soviel heißt wie Unruhestifterin, und man hätte sich keinen passenderen für sie ausdenken können. Ihre Cousine hatte mit der Zweijährigen alle Hände voll zu tun. Christina hatte Missy an Halfter und Führstrick gewöhnt und mehr als einmal fast die Geduld dabei verloren. Doch Melanie schien ein Händchen für Problempferde zu haben, also hatten Aileen und Mike sie als Missys Arbeitsreiterin eingeteilt, als die Stute so weit war, ihr Renntraining zu beginnen.

„Sieh gar nicht hin, Chris. Sonst guckt sich Sterling noch was von ihr ab."

Christina drehte sich um, als sie die Stimme ihrer Mutter hörte. Aileen ritt ihre Lieblingsstute Aileens Wunder ohne Sattel über die schneebestäubte Weide. Sie sah aus wie ein junges Mädchen. Ihre in Jeans gekleideten Beine baumelten über Wunders gerundete Seiten, und die langen, braunen Haare hatte sie unter ihren alten Jockeyhelm gesteckt. Auch Wunder sah glücklich aus. Sie trug den Kopf hoch und spitzte eifrig die Ohren nach vorn. Ihre Blesse und vier weißen Stiefel hoben sich leuchtend von ihrem kupferfarbenen Fuchsfell ab, das von mehr als zwanzig Jahren liebevoller Pflege unter der warmen Sonne Kentuckys glänzte. Wenn sich Christina auf den fein geschnittenen Kopf und eleganten Hals der Stute konzentrierte, konnte sie beinahe die junge Wunder sehen – das stolze Rennpferd, das auf so vielen der gerahmten Fotografien, die über das Haus verteilt waren, mit Aileen im Siegerring stand. Doch wenn sie den Rücken der Zuchtstute ansah, gesenkt von den vielen Fohlen, die sie über die Jahre in ihrem Bauch getragen hatte, fiel es Christina schwer, zu glauben, dass Wunder einst das Kentucky Derby gewonnen hatte.

„Sie sah so gelangweilt aus in ihrer Box, da dachte ich, ich reite ein bisschen mit ihr aus", erklärte Aileen, als Christina mit Sterling an den Weidezaun kam. „Ich weiß, wie es ist, schwanger zu sein – man fühlt sich dick und einsam. Ich will nicht, dass sie schwermütig wird."

Christina lachte. „Wie soll sich Wunder denn einsam fühlen, Mom. Du wohnst praktisch in ihrer Box."

Genau genommen war Aileen an Wunders Seite, seit die Stute auf Townsend Acres geboren worden war, das Gestüt, für das Christinas Großeltern früher gearbeitet hatten. Wunder war als kränkliches Fohlen zur Welt gekommen und wäre gestorben, hätte sich Aileen nicht um sie gekümmert, bis sie zu Kräften gekommen war. Wunder überlebte, doch immer noch glaubte niemand daran, dass sie je Rennen laufen, geschweige denn gewinnen würde. Aileen hielt weiter zu ihr, ließ sich unterdessen zum Jockey ausbilden und ritt die Stute schließlich selbst zum Sieg.

„Ich bin aber keine gute Gesellschaft für sie", sagte Aileen. „Wunder ist am glücklichsten, wenn sie ein Fohlen an ihrer Seite hat. Ich wünschte nur, das Kleine würde sich beeilen und endlich kommen."

„Nur noch ein paar Wochen", sagte Christina. Wunder war als Erste gedeckt worden, also würde ihr Fohlen das erste des Jahres sein.

„Ich kann es kaum erwarten." Aileen lächelte und wuschelte liebevoll durch Wunders kupferfarbene Mähne. „Viel Spaß beim Ausritt!", fügte sie hinzu, bevor sie sanft die Beine andrückte, um Wunder anzutreiben. Christina sah ihrer Mutter nach, wie sie im Davonreiten mit einer vertrauten Geste über die Kruppe der Fuchsstute streichelte. Offenbar hatte Aileen Christinas Lehrgang bei Lars Stockholm vollkommen vergessen. Doch Christina nahm es ihr nicht übel – sie war die Geistesabwesenheit ihrer Mutter gewohnt. Aileen befand sich in diesem Zustand, seit sie beschlossen hatte, Wunder ein letztes Mal decken zu lassen. Wunder gehörte praktisch zur Familie, also war es nur natürlich, dass jetzt jeder zuerst an sie und ihr Fohlen dachte, besonders Aileen. In diesen letzten Monaten von Wunders Trächtigkeit verbrachte Christinas Mutter so viel Zeit damit, ihre Lieblingsstute zu betüddeln, dass sie kaum noch Zeit für etwas anderes hatte.

„Ihr müsst mit dem Pferd über euren Sitz, eure Schenkel und eure Hände kommunizieren. Euer Körper ist die Sprache, in der ihr eurem Pferd sagt, was ihr von ihm wollt."

Christinas Augen folgten Lars Stockholm, der von der Mitte der großen Reithalle Whisperwoods aus unterrichtete. Obwohl sein Haar grau war und sein Gesicht faltig und wettergegerbt, bewegte sich Lars mit der Leichtigkeit und Anmut eines jungen Turners. Christina konnte das unsichtbare Pferd unter ihm beinahe sehen, während er demonstrierte, was er ihnen zu erklären versuchte.

„Dressur muss eine Freude für das Pferd und den Reiter sein. Nur dann kann sie wirklich zur Kunst werden."

Kunst? Christina hatte die Dressur noch nie als Kunst betrachtet, doch sie verstand genau, was er meinte: den Augenblick der Schwebephase, wenn ein Pferd in der Piaffe auf der Stelle trabte, oder die akkurat gesetzten Tritte einer Passage. Ein Dressurpferd bewegte sich mit der Leichtigkeit einer Ballerina, obwohl das durchschnittliche Pferd eine halbe Tonne mehr wog.

„Wenn ihr zu harte Hilfen gebt, wenn ihr ständig mit den Schenkeln klopft und an den Zügeln zieht, dann ist das, als würdet ihr euer Pferd anschreien. Das Pferd reagiert darauf wie ein Teenager. Es schaltet die Ohren auf Durchzug, die Kommunikation reißt ab", fuhr Lars fort, wobei er mit den Armen das Zerreißen einer Schnur imitierte. „Ihr müsst präzise sprechen, immer auf dieselbe Weise. Dann wird das Pferd eure Hilfen mit Eifer und nicht mit Angst erwarten."

Christina fing den Blick ihres Freundes Parker Townsend auf, als er auf seiner wunderschönen Englischen Vollblutstute Foxy vorüberritt.

„Wie ein Teenager, hm?", murmelte Parker, und seine grauen Augen blitzten.

Christina lächelte, doch sie konzentrierte sich auf ihr Pferd. Sie horchte in Sterling hinein und ermunterte sie sanft, wenn die Lektionen schwieriger wurden. Der Staub der Halle trocknete Christinas Lippen aus, doch als Sterling die fliegenden Galoppwechsel bewältigte, hätte Christina diesen Moment für nichts in der Welt eingetauscht. Sie hatte die Einerwechsel das vergangene Jahr hindurch immer mal wieder probiert, jedoch ohne Erfolg. Jetzt war es, als würde das Training eines ganzen Jahres in einer einzigen Reitstunde aufgehen. Wie es wohl wäre, jeden Tag mit Lars zu trainieren?, fragte sie sich.

„Gut, gut", sagte Lars. „Mach jetzt Schluss und lass sie sich ausruhen. Morgen arbeiten wir weiter."

Christina parierte Sterling zum Schritt durch und ließ die Zügel lang. Sie schob die Hand nach vorn und klopfte Sterlings Hals.

„Du und die Stute, ihr seid ziemlich gute Partner, nicht?", rief Lars ihr zu.

Christina nickte, während ihre Muskeln noch vom Adrenalinschub zitterten. Sterling drehte den Kopf nach hinten und wartete auf Christinas nächstes Kommando.

„Wie alt bist du, Christina?", fragte Lars.

„Fünfzehn nach USCTA-Maßstäben", sagte sie, bemüht, das Zittern in ihrer Stimme zu unterdrücken.

„Sehr gut, sehr gut", antwortete Lars.

Als der Lehrgang für diesen Tag vorbei war und der letzte Hänger die Straße hinunter verschwunden war, ließ Christina Sterling in Ruhe ihr warmes Kleie-Mash mit kleingeschnittenen Möhren und Äpfeln aufschlürfen. Sie blieb vor Foxys Box stehen, in der Parker noch damit beschäftigt war, seine Stute für die Nacht zu versorgen.

Mit zärtlichem Blick klopfte Parker Foxys Schulter. „Es kommt mir fast vor, als finge sie an, meine Gedanken zu lesen."

Christina nickte. Sie hatte das gleiche Gefühl bei Sterling. „Ich gehe hoch zum Haus und ziehe mich um." Samantha hatte sie beide eingeladen, zum Abendessen zu bleiben. Lars würde ebenfalls da sein, und Christina wollte sich kein Wort aus seinem Mund entgehen lassen.

Parker nahm eine Bürste aus dem Putzkasten, der neben Foxys Boxentür hing. „Ich komme in einer Minute nach – aber fangt nicht ohne mich an zu essen!", warnte er sie.

„Was für ein Festmahl!", rief Lars Stockholm aus. Er griff nach einer Scheibe von Tors selbst gebackenem Brot.

„Wir haben schließlich nicht jeden Tag einen Olympia-Medaillengewinner zum Essen da."

„Wie viele Schüler unterrichten Sie?", fragte Parker, während er seinen Salat in Dressing ertränkte.

„Acht im Moment. Wir müssen im Stall essen, so überfüllt ist das Haus", scherzte er.

„Die wohnen alle bei Ihnen?", fragte Tor.

„Nur über den Winter, wenn wir in Florida sind. Die restliche Zeit wohnen sie zu Hause bei ihren Familien."

„Wie machen es die Jugendlichen mit der Schule?", wollte Samantha wissen.

„Meine Frau gibt ihnen Privatunterricht."

Christina hörte aufmerksam zu. Plötzlich richtete Lars seine hellblauen Augen auf sie. „Du und deine Stute, ihr zeigt vielversprechende Ansätze. Wenn du Interesse hast, nach Florida zu kommen, könnten wir vielleicht noch ein freies Eckchen für dich finden."

In dem Augenblick klingelte das Telefon, doch Christina nahm das Läuten kaum wahr. Langsam verarbeitete sie seine Worte. Lars Stockholm lädt mich nach Florida ein, um bei ihm zu trainieren!

„Christina, für dich", sagte Samantha, die Hand über die Muschel haltend. „Deine Mutter."

Christina schob ihren Stuhl zurück. Sie fragte sich, ob ihre Mutter vergessen hatte, dass sie zum Abendessen auf Whisperwood bleiben wollte. Sie drehte dem Esstisch den Rücken zu und nahm das Telefon. „Hallo?"

„Chris, du musst sofort nach Hause kommen", sagte Aileen. „Bei Wunder haben die Wehen eingesetzt."

„Aber es ist doch erst in drei Wochen so weit!", rief Christina.

„Ich weiß", erwiderte Aileen drängend. „Wenn doch nur dein Vater und Ian hier wären. Und Kevin und Melanie sind ins Kino gegangen."

Christinas Vater war mit dem Cheftrainer Ian McLean in Florida bei den Winterrennen. Christina sah ihre Mutter vor sich, wie sie ganz allein versuchte, der alten Stute bei der Geburt ihres Fohlens zu helfen. Sie wusste, Aileen musste sich furchtbare Sorgen machen.

„Ich bin sofort da."

# Kapitel 2

„Lass mich einfach hier raus“, sagte Christina unruhig, als Parker in die Auffahrt von Whitebrook einbog.

„Es macht mir nichts aus, mit reinzukommen, falls du Hilfe brauchst.“ Parkers Hand spielte mit dem Schalthebel, während er auf eine Antwort wartete.

„Keine Sorge“, erwiderte Christina. „Die Tierärztin ist bestimmt schon unterwegs.“

Parker sah unentschlossen aus.

„Ehrlich, das ist in Ordnung“, sagte Christina und öffnete die Autotür. „Fahr zurück zum Abendessen, damit du mir alles erzählen kannst, was Lars gesagt hat. Wenn Wunder wirklich schon Wehen hat, geht es bestimmt schnell. Vielleicht kann mich meine Mutter sogar zurückfahren, wenn alles vorbei ist.“

„Na gut“, sagte Parker. „Aber ruf bitte an, wenn ihr Hilfe braucht.“

„Machen wir. Noch mal danke fürs Bringen.“ Christina schlug die Tür zu und eilte zum Stall. Sie ließ Sterling über Nacht auf Whisperwood, da sie auch morgen am Lehrgang teilnehmen würde. Wenigstens hatte sie noch einen Tag, um herauszufinden, ob Lars Stockholm sein Angebot, sie als Schülerin anzunehmen, ernst meinte.

Die Stalltür rollte vor ihr auf, als Parker wegfuhr.

„Christina?“ Aileen stand als schwarzer Schatten in der erleuchteten Türöffnung.

„Ich komme“, rief Christina. Als sie das Gesicht ihrer Mutter sah, waren alle Gedanken an den Lehrgang wie weggeblasen. „Wie geht es ihr?“

„Ich weiß nicht.“ Aileen schritt die Stallgasse entlang zu Wunders Box hinunter. Christina musste fast laufen, um mit ihr mitzuhalten. „Die Wehen haben eindeutig eingesetzt, aber noch passiert nichts.“

„Wer hat heute Nacht Dienst?“

„Eigentlich Joe, aber er hatte starke Kopfschmerzen, also habe ich ihn nach dem Füttern nach Hause geschickt.“

„Hast du Dr. Lanum angerufen?“

„Sie und Dr. Seymour sind beide nicht in der Stadt, und der Tierarzt, der sie vertritt, hat nicht zurückgerufen.“ Aileens Stimme wurde leiser, als sie sich unter der Absperrung zur großen Abfohlbox hindurchduckte. „Na, Wunder, will das Baby jetzt raus, mein Mädchen?“

Wunder stand mit hängendem Kopf in der Mitte der Box. Obwohl die Luft im Stall kühl war, verdunkelte Schweiß ihren kupferfarbenen Hals und ihre Flanken. Der obere Teil ihres Schweifes war zur Vorbereitung auf die Geburt mit einer weißen Bandage umwickelt. Wunder schlug mit dem Schweif, als würde sie von unsichtbaren Fliegen geplagt.

Aileen lehnte sich gegen Wunders Hals und legte die Hand unter die Ganasche der Stute, um ihren Puls zu messen. Wunders sonst so ruhiger, sanfter Blick schien gequält, und sie riss den Kopf von Aileen weg, um sich vor Schmerz in die Seite zu beißen.

„Sie hat doch keine Kolik, oder?“, fragte Christina. Wenn Pferde unter schlimmen Schmerzen durch Blähungen oder Verstopfungen litten, bissen sie oft nach ihrem Bauch, wie Wunder es jetzt tat.

„Unwahrscheinlich. Du kannst die Wehen sehen.“ Aileen

legte die Hand leicht an Wunders sich hebende und senkende Flanke. „Weiter so, Mädchen. Du weißt ja, wie es geht.“

Die meisten Stuten wurden nervös, wenn sie fohlten, und in der Regel war es besser, sie in Ruhe zu lassen. Aber Aileens Stimme schien Wunder zu beruhigen. Sie blinzelte mit den dunklen Augen und seufzte. Doch ihr Seufzen wandelte sich zu einem Stöhnen, als eine weitere Wehe ihren Körper erschütterte.

Aileen drehte sich zu Christina um. „Füll einen der Metalleimer mit heißem Wasser und Desinfektionsmittel. Und bring auch die Schachtel mit den Gummihandschuhen mit, für den Fall, dass ich kontrollieren muss, ob das Fohlen auch richtig liegt.“

Christina lief in die Sattelkammer, froh, etwas tun zu können. Sie hatte viele Fohlengeburten miterlebt, doch normalerweise war die Tierärztin da, um zur Not einzugreifen. Würden sie und ihre Mutter Wunder helfen können, wenn es Komplikationen gab?

„Die Fruchtblase ist gerade geplatzt“, sagte Aileen, als Christina zurückkehrte. „Das Fohlen müsste in den nächsten zwanzig Minuten da sein.“ Wunder stand immer noch, den Kopf fast auf dem Boden, und ihr Atem war ein gequältes Röcheln. Das Stroh unter ihr war klatschnass.

„Warte, ich hole eine Mistgabel.“ Christina stürzte wieder auf die Stallgasse. Sie wusste, das Fohlen konnte sich erkälten, wenn es im nassen Stroh lag. Aileen führte Wunder ein paar Schritte nach vorn, damit Christina das feuchte Stroh entfernen konnte.

„Du hast es fast geschafft“, hörte Christina ihre Mutter murmeln, während sie Wunders Blesse streichelte.

Wunder schlug unruhig mit dem Kopf und begann, sich

in ihrer Box im Kreis zu drehen. Immer wieder biss sie nach ihren Flanken. Christina duckte sich unter der Boxenabsperrung hindurch nach draußen. Wenn sie aus dem Weg war, würde sich Wunder vielleicht einfach entspannen und ihr Fohlen bekommen, dachte sie.

„Alles ist gut, mein Mädchen. Du kennst das doch“, gurrte Aileen. Sie fing Christinas besorgten Blick auf. „Ich wünschte, sie würde sich endlich hinlegen, bevor sie sich völlig verausgabt.“ Ihre Hände krampften sich um Wunders Lederhalfter, bis die Fingerknöchel weiß hervorstanden.

„Mach dir keine Sorgen. Du hast selbst gesagt, dass Wunder eine erfahrene Mutter ist. Sie weiß, was sie tut“, antwortete Christina. „Also, was glaubst du, wer die Wette gewinnt?“, fügte sie hinzu, um die Anspannung etwas zu lösen. Melanie hatte die Idee gehabt, Wetten auf die Farbe des Fohlens abzuschließen. Der Gewinner würde eine Woche lang keinen Abwasch machen müssen. Christina glaubte, das Fohlen würde ein Rappe wie Jazzman, sein Vater. Melanie hoffte auf einen Dunkelfuchs, ihre Lieblingsfarbe. Ihr Vater rechnete mit einem braunen Fohlen, doch Aileen war für noch einen kupferfarbenen Fuchs wie Wunder.

Ihre Mutter warf ihr einen Blick zu. „Momentan ist mir vollkommen egal, wer gewinnt. Ich will nur ein gesundes Fohlen.“

Wunder scharrte jetzt im Stroh. Christina holte erschrocken Luft, als die Stute in die Knie ging.

„Alles okay“, sagte Aileen und schaffte ein halbherziges Lächeln. „Sie legt sich zur Geburt hin.“ Sie durchsuchte die Sachen, die Christina aus der Sattelkammer geholt hatte. „Wo ist das Jod?“

Ihre Mutter hatte sie nicht beauftragt, Jod mitzubringen, doch Christina sagte nichts. Sie rannte zurück zum Medizinschrank und suchte die braune Flasche und eine kleine Plastikschale, um etwas Jod hineinzufüllen. Nach der Geburt würde die abgerissene Nabelschnur am Bauch des Fohlens kurz in das Schälchen getaucht werden, um alle Keime abzutöten, die eine Infektion verursachen könnten.

Als sie zur Box zurückkehrte, stand Wunder wieder. Sie atmete noch schwerer als zuvor, ihre Ohren zuckten vor und zurück, und Schweißflecken überzogen ihren Hals.

„Warum ist sie wieder aufgestanden?“, fragte Christina bestürzt.

Aileen schüttelte den Kopf und biss sich auf die Lippe, während sie auf ihre Uhr sah. „Es sind jetzt zehn Minuten. Wir müssten bald einen Fuß sehen.“

Christina erinnerte sich an das Schaubild in einem Pferdebuch, das ihre Mutter ihr vor Jahren geschenkt hatte. Es zeigte, wie ein Fohlen geboren wurde: Vorderfüße voran, die Nase zwischen den Beinen, wie ein Schwimmer beim Kopfsprung.

Nachdem sie Wunder weitere zehn Minuten dabei zugesehen hatten, wie sie sich hinlegte, wieder aufstand und elend in ihrer Box umherlief, wurde Christina fast verrückt vor Hilflosigkeit. Gab es denn nichts, was sie tun konnte?

„Soll ich noch mal beim Tierarzt anrufen?“, bot sie an.

„Ja. Bitte“, sagte Aileen. „Sag ihnen, die Fruchtblase ist vor zwanzig Minuten geplatzt.“

# Kapitel 3

Die Frau beim Notdienst des Tierarztes nannte Christina ständig „Kleines“, während sie erklärte, der Tierarzt antworte vermutlich nicht auf seinen Piepser, weil er gerade bei einem anderen Patienten sei.

„Wenn er sich meldet, sagen Sie ihm bitte, wir haben einen Notfall auf dem Gestüt Whitebrook!“, rief Christina ins Telefon.

„Die vom Notruf sagen, sie versuchen, ihn zu erreichen“, berichtete Christina, als sie zu Wunders Box zurückkehrte. Die Stute lag wieder auf der Seite auf dem Boden, den Kopf erhoben. Ihre Nüstern blähten sich, als wäre sie gerade ein Rennen gelaufen, und Christina sah, dass sie erschöpft war.

Aileen richtete sich aus der Hocke hinter Wunders Schulter auf. „Die Zeit läuft uns davon. Wenn das Fohlen nicht bald kommt, muss ich hineingreifen und seine Lage kontrollieren.“

Christina hörte einen Unterton der Panik in der Stimme ihrer Mutter. „Wenn das Fohlen rückwärts rauskommen will, kannst du es doch drehen, oder?“, fragte sie.

„Ich kann es versuchen“, sagte Aileen. Doch sie klang nicht sehr zuversichtlich.

Wunder stöhnte, streckte ruckartig die Vorderbeine aus und schlug mit den Hinterbeinen wild um sich. Es dauerte ein paar Sekunden, bis sie die Kraft fand, sich wieder hoch zu kämpfen.

Aileen eilte los, um sich die Hände und Arme zu schrubben. Christina behielt Wunder im Auge, während die Stute in ihrer Box umherlief. Wunders Augen tränten, als würde sie vor Schmerzen weinen. Sie senkte den Kopf und schnupperte im Stroh, dann knickte sie mit den Vorderbeinen ein, um sich erneut hinzulegen. Doch ein Zuruf von Aileen hielt sie davon ab, und Wunder riss den Kopf wieder hoch.

„Halt sie in der Mitte der Box", wies Aileen ihre Tochter an.

Gehorsam duckte sich Christina unter der Boxensperre hindurch und griff Wunders Halfter.

„Rede mit ihr, und mach keine plötzlichen Bewegungen. Sonst tritt sie mich vielleicht aus Versehen."

Christina konnte sich nicht vorstellen, dass Wunder jemanden trat, am allerwenigsten ihre Mutter. Doch sie tat, wie ihr gesagt wurde, und kraulte Wunder sanft hinter den Ohren, während Aileen die Gummihandschuhe überstreifte. Wunder zuckte zusammen, blieb aber geduldig stehen, als Aileen begann, die Lage des Fohlens zu ertasten. Die Stute atmete extrem unregelmäßig. Offensichtlich hatte sie große Schmerzen.

Christina musste aufpassen, nicht selbst das Atmen zu vergessen, während sie darauf wartete, dass Aileen etwas sagte. Irgendetwas.

„Oh nein!", stieß Aileen leise hervor.

„Was?"

„Ich kann nur ein Bein fühlen. Das andere muss sich irgendwo verfangen haben", antwortete Aileen. „Ganz ruhig, Mädchen. Ich werde versuchen, es zu befreien. Beobachte ihre Augen, Chris."

Christina richtete ihre Aufmerksamkeit auf Wunders

Kopf. Sollte die Stute reagieren, etwa wegspringen oder auskeilen, würde man es als Erstes in ihren Augen sehen. Doch Wunder blieb ruhig stehen, kaum mit den Lidern zuckend, als die nächste Wehe durch ihren Körper rollte. Dann warf sie plötzlich den Kopf hoch und verdrehte die Augen nach hinten, dass das Weiße in ihnen sichtbar wurde.

„Ich glaube, ich hab es ... au!"

„Was ist?", fragte Christina angstvoll.

„Sie ist mir auf den Fuß getreten", rief Aileen zurück. „Nichts passiert."

„Tut mir leid", sagte Christina. „Hast du es?"

„Kann ich nicht sagen", antwortete Aileen. Sie nahm die Hände herunter und wich einen Schritt zurück. „Lass sie jetzt los."

Sobald Christina zurücktrat, fiel Wunder mit einem Stöhnen nach vorn auf die Knie. Ihre Flanken bebten von einer weiteren Wehe, bevor sie im Stroh zusammenbrach, die Beine steif von sich gestreckt.

Christina blickte entsetzt zu ihrer Mutter, doch Aileen kniete bereits neben Wunder.

„Okay, Mädchen, jetzt liegt es an dir. Komm schon", redete sie auf das Pferd ein.

Wunder drückte den Kopf flach ins Stroh und kniff die Augen vor Anstrengung zusammen. Ihre Nüstern bebten mit jedem mühevollen, pfeifenden Atemzug. Für Christina sah es aus, als würde Wunder sterben.

„Was macht sie?" Christina sprach leise, um der Stute keine Angst zu machen, obwohl sie selbst schreckliche Angst hatte.

„Ich kann die Hufe sehen", antwortete ihre Mutter ruhig. Sie schob Wunders langen, seidigen Schweif beiseite, und Christina ging um das Pferd herum, um besser sehen zu können. Und tatsächlich, zwei winzige Hufe ragten heraus. Christina hielt die Luft an.

Wunder presste ein letztes Mal, und die Hinterbeine des Fohlens glitten heraus. Christina starrte das nasse Bündel an, das vor ihr im Stroh lag. Sie suchte verzweifelt nach einem Lebenszeichen, doch das Kleine rührte sich nicht.

Wunder drehte den Kopf nach hinten und schnupperte erschöpft an dem reglosen Körper.

„Ist gut, Wunder", sagte Aileen leise. „Ruh du dich jetzt aus. Wir machen ihn für dich sauber." Sie sah zu Christina auf. „Schnell, Chris! Hol die Handtücher", wies sie sie an, und Christina rappelte sich auf die Füße. „Wunder ist zu schwach, um ihn trocken zu lecken – wir müssen seinen Kreislauf in Gang bringen." Aileen hob den Kopf des Fohlens und begann, den Schleim aus seinen Nüstern zu wischen.

Als Christina mit einem Stapel sauberer Handtücher wieder unter dem Absperrgurt hindurchschlüpfte, riss Aileen ihr sofort eins aus der Hand. „Okay. Wir müssen ihn überall abrubbeln", sagte sie und massierte energisch die Brust des Fohlens mit dem Handtuch. „Das regt die Atmung an."

Christina kniete sich neben das kleine Häuflein aus nassem Fell und begann zu reiben, erst sanft, dann fester, dem Beispiel ihrer Mutter folgend. Das Fohlen war so winzig und zart. Es war schwer zu glauben, dass es einmal zu einem großen, kräftigen Rennpferd heranwachsen sollte. Sie schrak zusammen, als sie den Puls des Fohlens unter ihren Fingern flattern spürte.

„Ich fühle sein Herz schlagen!", rief sie.

„Und das soll auch so bleiben", sagte Aileen hastig. „Schnell, auch die Beine."

Christina hörte ihre Mutter leise fluchen. „Die Zeit rennt

uns davon. Ich versuche es mit Mund-zu-Nase-Beatmung. Du machst mit seinem Körper weiter."

Aileen streckte den winzigen Fohlenkopf, bis er eine Linie mit dem Hals bildete. Mit einer Hand hielt sie den Kopf, mit der anderen deckte sie ein Nasenloch zu. Dann beugte sie sich mit dem Mund hinab, bis es aussah, als würde sie sein winziges Maul küssen.

Christina fühlte, wie sich seine Brust leicht unter ihren Händen hob, als Aileen Luft in die eine Nüster des Kleinen blies. „Ich glaube, es klappt", sagte sie.

Wieder und wieder holte Aileen Luft und beugte den Kopf hinab, um alle zwei Sekunden in seine Nase zu blasen. Christina, die Beinchen des Fohlens massierend, die nicht dicker als ihre Arme waren, übernahm ihren Rhythmus. Als sie sein rechtes Hinterbein halb hinabgestrichen hatte, nahm sie aus den Augenwinkeln eine Bewegung wahr. Für einen Moment war sie nicht sicher, ob sie sich getäuscht hatte, doch dann sah sie es wieder.

„Er hat mit dem Schweif gezuckt", flüsterte sie.

Aileen setzte sich zurück auf die Fersen und wartete. Sie beobachteten, wie sich die flauschige Brust des Fohlens einmal hob, dann zweimal. Und dann begann sie, sich mit wachsender Regelmäßigkeit zu heben und zu senken.

Die dichten braunen Wimpern des kleinen Hengstes flatterten. Aus bernsteinfarbenen Augen blickte er zu Christina auf und stieß ein leises, klägliches Wiehern aus.

„Oh, Mom, er ist traumhaft", flüsterte sie. Ihr Herz lief über vor Erleichterung. Sie sah ihre Mutter an, doch Aileen war dabei, wieder zu Atem zu kommen. Sie sah vollkommen erschöpft aus.

Dann wieherte auch Wunder, kehlig und leise – ihre typische Mutterstimme. Das Hengstfohlen spitzte die kleinen

Ohren. Es zappelte mit den Beinen im Stroh und versuchte verzweifelt, aufzustehen. Einen Augenblick hielt es inne, um auszuruhen, die Vorderfüße vor sich aufgestützt, das Maul auf einem Bein ruhend. Wunder wieherte wieder, und diesmal antwortete das Kleine, wie um zu sagen: Warte, ich komme!

Als Aileen sich neben Wunder stellte, hob die Stute den Kopf und atmete zaghaft den Geruch ihres neuen Fohlens ein.

„Du musst jetzt aufstehen, mein Mädchen“, ermunterte Aileen sie. „Dein Baby muss trinken.“ Sie zog an Wunders Halfter, und die Stute nahm mit einem Grunzen die Vorderbeine nach vorn. Der kleine Hengst zuckte überrascht zusammen und rappelte sich im selben Moment ungelenk auf die langen Beine, als sich Wunder hochhievte. Die Nabelschnur riss, und Aileen beeilte sich, den Stumpf in Jod zu tauchen.

Christina betrachtete das Fohlen, wie es nur Zentimeter von ihr entfernt vor und zurück schwankte. Es war kleiner als die meisten neugeborenen Fohlen, da es etwas zu früh gekommen war, doch seine Augen blickten klar und neugierig. Selbst in diesem zerbrechlichen Kleinen erkannte Christina bereits die ausgeprägte Winkelung der Schulter und Hinterhand, die ein Vollblut auszeichnete.

„Er ist wunderschön“, hauchte Christina. „Sieh dir den Stern an.“ Die weiße Haarstelle auf der Stirn des Fohlens sah aus, als hätte ihm jemand ein grobes Herz zwischen die weit auseinanderliegenden Augen gepinselt.

Wunder stupste das Fohlen zärtlich an der Schulter an, und das Kleine nickte mit dem Kopf. Dann tat es auf wackligen Beinen einen Schritt auf seine Mutter zu, streckte den Hals und suchte nach ihrem Euter.

Christina hörte die hungrigen Sauggeräusche des Fohlens, als es zu trinken begann. Wunder seufzte erschöpft, und Aileen legte die Arme um den muskulösen Hals der Stute. Sie sagte kein Wort, doch Tränen der Erleichterung strömten über ihr Gesicht.

Christina drückte den Arm ihrer Mutter und ging dann ins Haus, um ihren Vater in Florida anzurufen. Außerdem wollte sie Aileen Gelegenheit geben, sich allein mit Wunders Neugeborenem bekannt zu machen. Es war klein und schwach, doch es war Wunders Fohlen und würde immer einen besonderen Platz in Aileens Herzen einnehmen – dessen war sich Christina sicher.

Nachdem Christina ihren Vater und Samantha angerufen hatte, war der Tierarzt endlich eingetroffen. Aileen hielt Wunder und streichelte ihre Blesse, während er das Fohlen untersuchte. Christina sah von draußen vor der Box zu.

„Er sieht okay aus für ein Frühchen", meinte der Tierarzt. „Ich hab ihm seine Spritzen gegeben. Aber ich würde ihn weiter beobachten, und die Stute auch. Die Geburt hat beiden viel abverlangt."

Christina warf ihrer Mutter einen Blick zu, die höflich zu den Worten des Tierarztes lächelte.

„Das werden wir", sagte sie leise, immer noch Wunders Kopf streichelnd. „Vielen Dank."

Der Tierarzt duckte sich unter der Absperrung hindurch und ging zu seinem Wagen.

Aileen verließ die Box und stellte sich zu Christina. Gemeinsam betrachteten sie die Stute und ihr Fohlen. Es war verblüffend, welchen Unterschied eine Stunde machen konnte. Als der Hengst gerade geboren war, hatte er nur aus Knochen und nassem Fell bestanden. Jetzt, in trockenem

Zustand, sah er schon nicht mehr wie eine Vogelscheuche, sondern eher wie ein flauschiges Plüschtier aus. Auf seinen wackligen Beinen, die viel zu lang für seinen kleinen Körper schienen, erinnerte er Christina an einen Clown auf Stelzen. Unglaublich, dass er auf diesen winzigen, noch weichen Hufen überhaupt stehen konnte. Doch zielstrebig, die Beine weit gespreizt, um das Gleichgewicht zu halten, suchte er nach der Milch. Wenn er Wunders Euter verfehlte und versuchte, an ihrem Schweif zu saugen, wich Wunder geduldig zurück und legte das Maul an das Hinterteil des kleinen Hengstes, um ihn von Neuem heranzuführen.

„Ich bin froh, dass alles so gut ausgegangen ist", sagte Christina ernst. „Zum Glück hast du gewusst, was zu tun war. Wir hätten nicht auf den Tierarzt warten können."

„Wahrscheinlich hast du Recht", erwiderte ihre Mutter. „Außerdem schien dieser Tierarzt einer von denen zu sein, die sich vor der Box wohler fühlen als drinnen." Aileen verdrehte die Augen. „Ich bin froh, wenn John Seymour am Montag wieder in der Praxis ist."

Das Fohlen trank gierig und wackelte dazu mit dem Schweif.

„Ich kann kaum glauben, dass er schon rumläuft, und heute Morgen war er noch gar nicht da!", rief Christina aus.

„Es kommt mir gar nicht so lang her vor, dass ich Wunder zugesehen habe, wie sie bei ihrer Mutter trinkt", sagte Aileen. „Ich war nur ein bisschen jünger als du."

„Hast du dir schon einen Namen für ihn überlegt?", fragte Christina.

„Nein, noch nicht. Es wird immer schwieriger, neue Namen zu finden, die noch nicht beim Jockey Club registriert sind."

„Es würde helfen, wenn wir wüssten, welche Farbe er

wirklich hat“, bemerkte Christina. Bis auf den weißen Stern war der kleine Hengst in mausbraunen Fohlenpelz gehüllt, den er verlieren würde, wenn das richtige Fell nachwuchs.

„Hallo, jemand zu Hause?“

Christina hörte, wie die Stalltür aufrollte und sich schnelle Schritte auf der Stallgasse näherten. Kevin McLean und Melanie Graham waren aus dem Kino zurück. Als bei Wunder die Wehen eingesetzt hatten, hatte Aileen Samantha gebeten, die beiden abzuholen.

„Oh“, rief Melanie aus, als sie vor der Box war. „Der ist ja vielleicht süß!“

Wunder bewegte sich beschützend zwischen ihr Fohlen und die Absperrung.

„Wir wollen deinem Baby nichts tun“, sagte Samantha, die hinter Melanie an die Box trat. „Wir wollen es nur ein bisschen anhimmeln.“

Aileen lächelte. „Danke, dass du die beiden für mich abgeholt hast, Sam.“

„Jederzeit.“ Samantha ging in die Hocke, um den Hengst zwischen Wunders Beinen hindurch zu betrachten. „Ist alles in Ordnung?“

Aileen seufzte. „Ich glaube schon. Vor einer Stunde war ich da nicht so sicher.“

„Dafür, dass er so ein Winzling ist, sieht er doch ganz okay aus“, sagte Kevin. Er war auf die Tür der Nachbarbox geklettert und spähte von dort durch die Gitterstäbe. Sein Gesichtsausdruck ließ ihn seinem Vater Ian sehr ähnlich sehen.

„Wenn er größer gewesen wäre, hätte er es vielleicht gar nicht hinausgeschafft. Er hatte es schon so schwer genug.“ Aileen rieb sich die Stirn und fügte hinzu: „Christina war eine große Hilfe.“

„Mom musste ihn Mund zu Nase beatmen – es war ziemlich beeindruckend“, sagte Christina. Sie streifte Aileen mit einem stolzen Blick.

„Ich denke, es ist Zeit für eine heiße Dusche und dann fürs Bett“, sagte Samantha und zog Aileen von der Box weg. „Soll ich heute hier bleiben, damit ich nachts nach ihnen sehen kann?“

Aileen lächelte. „Nein, danke. Nicht, wenn ihr Gäste habt. Ich komme schon klar. Jetzt sind die Kinder ja wieder zu Hause.“

„Ich kann die erste Schicht übernehmen, wenn du willst“, bot Christina an.

„Ich bleibe auch gern“, sagte Melanie.

Aileen sah Wunder an, die über ihr Fohlen wachte. Die Stute hielt den Kopf gesenkt, als es wieder zu trinken begann. Ihre Ohren hingen reglos herab. Aileen hatte ihr ein warmes Mash zubereitet und Heu in die Raufe gefüllt, doch Wunder hatte das Futter nicht angerührt. Sie war erschöpft.

„Ich glaube, Wunder braucht jetzt mal ein bisschen Zeit allein mit ihrem Baby“, sagte Aileen zu den Mädchen. „Lasst uns alle reingehen und einen heißen Kakao trinken.“

„Zur Feier des Tages.“ Christina lächelte ihre Mutter an. Aileen legte ihr den Arm um die Taille und drückte sie. „Zur Feier des Tages.“

# Kapitel 4

Am Sonntagmorgen wachte Christina früh auf und zog sich für den zweiten Tag des Dressurlehrgangs auf Whisperwood an. Ein Lächeln huschte über ihre Lippen, als ihr einfiel, dass sie im nächsten Winter vielleicht zu Lars Stockholms Team der *Jungen Reiter* in Florida gehören würde.

„Was grinst du so?", fragte Melanie, die den Kopf in Christinas Zimmer steckte. Melanies blondes Haar war zerzaust, und sie blinzelte gegen das Licht, doch sie trug bereits ihre Reitsachen für die tägliche Morgenarbeit mit den jungen Rennpferden.

„Ich hab nur an den Lehrgang gedacht", sagte Christina.

„Ist dieser Schwede so toll, wie du erwartet hast?"

„Besser. Du hättest Sterling sehen sollen, nachdem er mit uns gearbeitet hat", sagte Christina, während sie sich einen roten Wollpullover über den Kopf zog. „Und ich bin noch gar nicht dazu gekommen, dir das Beste zu erzählen: Ich glaube, er will mich nach Florida holen, um bei ihm zu trainieren!"

„Florida?" Melanies Augenbrauen fuhren in die Höhe. „Was willst du denn da?"

„Hallo?", rief Christina und riss die Augen weit auf. „In Florida ist es warm. Da gibt es eine Winter-Turnierserie und einige der besten Reiter der Ostküste!"

Melanie schüttelte den Kopf. „Du musst verrückt sein, von Whitebrook weg zu wollen."

Es war die gleiche alte Diskussion, die sie immer hatten. Melanie, die in New York aufgewachsen war, konnte sich kaum etwas Aufregenderes vorstellen, als auf einem Renngestüt auf dem Land zu leben. Mittlerweile, da sie die Rennpferde im Training ritt und hoffte, eines Tages selbst Jockey zu werden, gehörte sie fest zum täglichen Betrieb auf Whitebrook dazu. Doch Christina hatte nie davon geträumt, Rennen zu reiten, und obwohl es sich auf einem Vollblutgestüt in Kentucky wunderbar leben ließ, fühlte sie sich manchmal etwas fehl am Platze.

„Ich hab nicht gesagt, dass ich gehe", erwiderte Christina vorsichtig. „Es war nur toll, dass er gefragt hat."

„Na, dann kann man wohl gratulieren", entgegnete Melanie mit einem halbherzigen Grinsen.

„Hm. Danke." Christina zuckte die Achseln. „Sam holt mich in einer Stunde ab. Hast du Lust, dir nach dem Frühstück noch mal Wunders Fohlen mit mir anzugucken?"

„Ja, klar!", antwortete Melanie. „Es ist so süß!"

Doch als sie unten ankamen, war die Küche dunkel und still. Normalerweise sorgte ihre Mutter dafür, dass sie ordentlich frühstückten, da beide Mädchen den ganzen Tag mit den Pferden arbeiteten. Und Aileen trank morgens immer Kaffee. Doch die Kaffeemaschine war nicht mal eingeschaltet worden.

„Mel", sagte Christina und warf ihrer Cousine einen besorgten Blick über die Schulter zu. „Ich gehe zum Stall."

Melanie stellte den Saft zurück, den sie gerade aus dem Kühlschrank nehmen wollte. „Ich komme mit", sagte sie.

Aileen war in Wunders Box, als sie in den Stall kamen. Sie sah noch erschöpfter aus als am Abend zuvor.

„Was ist los, Mom?", fragte Christina. Sie legte die Hände auf die Boxenabsperrung.

Wunder döste im Stehen in einer Ecke. Zu ihren Füßen lag das kleine, braune Fohlen auf der Seite, die Beine im Stroh ausgestreckt. Es schlief tief und fest. Die beiden Pferde sahen vollkommen friedlich aus.

„Wunder hat immer noch nichts gefressen, und ihr Wasser hat sie kaum angerührt. Seht nur." Aileen kniff in das Fell an Wunders Hals. Als sie losließ, blieb die Haut ein paar Sekunden in einer Falte stehen, bevor sie sich langsam wieder zurückzog. Das war ein eindeutiges Anzeichen für Austrocknung. Christina wusste, dass säugende Stuten viel Wasser brauchten. Normalerweise tranken sie mehrere Eimer am Tag. „Sie ist nicht sie selbst", fügte Aileen kopfschüttelnd hinzu. Christina sah an den tiefen Stirnfalten ihrer Mutter, wie beunruhigt sie war.

„Vielleicht ist sie einfach nur sehr erschöpft", vermutete Melanie.

„Ja, das hoffe ich", sagte Aileen, wobei sie an den Strähnen von Wunders langer Mähne herumfingerte. Doch ihr sorgenvoller Gesichtsausdruck änderte sich nicht.

Naomi Traeger, Whitebrooks Jockeylehrling und erste Arbeitsreiterin, steckte den Kopf zur Tür herein. „Bist du so weit, Mel?", rief sie. „Die Pferde warten."

„Ich komme", rief Melanie zurück. Sie streifte Aileen mit einem Blick. „Tut mir leid. Ich muss jetzt los, um mich von Missy quälen zu lassen. Ich hoffe, Wunder geht es bald besser, Tante Aileen."

„Danke, Mel."

Christina sah ihrer Cousine hinterher, die zur Tür hinaus und weiter zum Trainingsstall lief. Als sie sich wieder zu Wunder umwandte, hatte das Fohlen den Kopf gehoben und blinzelte sie an. Sein weißer Stern leuchtete im Schein des Stalllichts.

„Ich bin gleich wieder da", sagte Christina zu ihrer Mutter. Dann eilte sie zur Sattelkammer, um Samantha auf Whisperwood anzurufen. Christina konnte in dieser Situation unmöglich weiter am Lehrgang teilnehmen.

Am Sonntagnachmittag war der kleine Hengst auf den Beinen und tollte in der Box herum. Wunder ruhte sich immer noch erschöpft aus, ein Hinterbein angewinkelt, und beobachtete ihr Kind mit glasigem Blick. Aileen hatte Elektrolyte in Wunders Wasser gegeben, um wenigstens etwas von den lebenswichtigen Mineralien zu ersetzen, die die Stute verloren hatte. Doch Wunder hatte kaum etwas angerührt. Das Fohlen dagegen sah mit jeder Stunde kräftiger aus, auch wenn es noch wacklig auf den Beinen stand. Christina und Melanie lachten, als es über einen staubflirrenden Sonnenstrahl zu hüpfen versuchte und dabei kopfüber im Stroh landete.

„Langsam, Kleiner", sagte Christina. „Du verbrauchst noch deine ganze Kraft."

„Oder Wunders", bemerkte Melanie. „Sie sieht so müde aus."

Christina betrachtete die Fuchsstute noch einmal. Waren die Stellen über Wunders Augen ein bisschen eingefallen? Das liegt bestimmt bloß am Licht, entschied Christina. Sie sah, wie sich die Bauchmuskeln der Stute spannten, als der kleine Hengst das Euter fand und zu trinken begann. Sie hörte seine schlürfenden Geräusche durch die ganze Box.

„Kannst du glauben, dass er mal so groß wird wie Wunder?", fragte Melanie.

„Vielleicht sogar größer." Für ein Vollblut war Wunder nicht besonders groß. „He, Kleiner", sagte Christina und hielt dem Fohlen die Hand hin.

Der kleine Hengst spähte unter Wunders Bauch hindurch und beäugte die Hand ein paar Sekunden lang, bevor er sich langsam vorwagte und daran schnupperte. Christina war ganz hingerissen davon, wie sich die Barthaare um sein kleines Maul lockten.

„Sieh mal, ein Milchbart!“, rief Melanie aus. Vom Kinn des Fohlens troff die Milch in weißen Fäden.

Ihr Lachen ließ den Kleinen hastig zu seiner Mutter zurückspringen. Christina beobachtete, wie sich seine Zunge um Wunders Zitze rollte, als er wieder zu saugen begann.

„Wie geht es ihr?“, rief Aileen aus dem hinteren Teil des Stalls. „Hat sie von ihrem Heu gefressen?“

Christina drehte sich um und schüttelte den Kopf. „Sieht nicht so aus.“

Aileen kniff die Lippen zusammen und betrachtete Wunder mit verschränkten Armen. Christina ahnte, wie ihrer Mutter zumute war. Wenn Pferde doch nur sprechen und uns sagen könnten, was mit ihnen los ist, dachte sie.

„Dieser Tierarzt erzählt mir die ganze Zeit, es sei normal, wenn eine Stute am Tag nach der Geburt nicht viel frisst. Das weiß ich selbst, aber Wunder hat noch gar nichts gefressen. Ich habe ungefähr zehn Nachrichten für Dr. Seymour hinterlassen. Er wird gleich morgen früh kommen.“

Aileen duckte sich unter der Boxenabsperrung hindurch und ging zu Wunders Kopf. Die Fuchsstute nickte und begrüßte Aileen mit einem leisen, tiefen Wiehern.

Hinter den beiden stieß der kleine Hengst ein kurzes Quieken aus, flitzte um Wunders Beine herum und stakste auf Christina zu. Diesmal kam er ganz bis an die Tür heran und wich nicht zurück, als sie die Hand ausstreckte, um seinen Hals zu streicheln.

„Was für ein mutiger kleiner Bursche du doch bist“, flüsterte Christina. Sie hätte ihn am liebsten ganz fest in die Arme geschlossen, wusste aber, dass ihm das nur Angst einjagen würde.

Außerdem konnte er ja nicht wissen, dass seine Mutter nicht immer so still und apathisch war. Für seine ersten drei Lebensmonate würde Wunder dem Fohlen auch beste Freundin und Spielgefährtin sein. Sobald die Stute wieder bei Kräften war, würde Aileen die beiden auf die Weide lassen, und Wunder würde ihrem Fohlen zeigen, wie man sich wälzte, tobte und spielte. Auch um des Fohlens willen hoffte Christina, dass es der Stute rasch wieder besser ging.

Nach einer Weile wandte sich der Kleine von Christina ab, knickte mit den Beinen ein und streckte sich im Stroh aus, um ein Nickerchen zu machen. Sekunden später schlief er friedlich.

Sie beobachtete, wie sich sein Brustkorb in einem gleichmäßigen Rhythmus hob und senkte. Er sah so unschuldig aus.

„Gib mir mal den Eimer mit Mash, Christina", sagte Aileen sorgenvoll. Sie streichelte Wunders Hals. „Vielleicht frisst sie mir ja aus der Hand."

So ging es den ganzen Tag weiter. Christina und Melanie sprangen für Aileen ein und übernahmen ihre Arbeit auf dem Gestüt. Dazwischen schauten sie immer wieder bei Wunder vorbei, um zu sehen, ob sich ihr Zustand gebessert hatte oder ob sie irgendwie helfen konnten.

In einem freien Moment rief Christina ihren Vater wieder an, um ihm alles zu berichten.

„Eine Geburt ist sehr anstrengend", sagte Mike zuversichtlich. „Sobald sie ein bisschen Futter im Bauch hat, kommt Wunder wieder zu Kräften."

„Aber sie frisst nicht, Dad“, beharrte Christina.

„Das Fohlen macht mir mehr Sorgen“, sagte Mike. „Es ist sehr früh gekommen – das ist keine gute Voraussetzung.“

„Es macht sich aber großartig“, entgegnete Christina. „Es ist klein, aber süß, und es tobt schon in der Box herum.“

„Na, das ist doch schön zu hören.“

„Wann kommst du nach Hause, Dad?“

„Dienstag“, sagte Mike. „Hör zu, Chris, versuch, dich nicht verrückt zu machen, und sag Mom, sie soll mich später anrufen, ja?“

„Okay.“

Christina legte auf und zog ihre Stiefel wieder an. Draußen wurde es bereits dunkel. Sie sah auf ihre Uhr. Fünf. Den Lehrgang hätte sie mittlerweile hinter sich, und vermutlich würde sie Sterling gerade für die Nacht versorgen. Stattdessen blieb Sterling auf Whisperwood, bis Christina Gelegenheit hatte, sie abzuholen. Parker hatte ihr versprochen, sich um sie zu kümmern, und ihr sogar angeboten, sie am nächsten Tag mit dem Hänger nach Whitebrook zu bringen, falls Christina das wünschte. Sterling fehlte ihr, doch Christina war froh, dass sich ein so guter Freund um ihr Pferd kümmerte.

Sie schlüpfte in ihren Parka und lief zum Stutenstall hinunter. Die halbe Stallbeleuchtung war bereits gelöscht, doch die Lampe über Wunders Box schien matt auf die Stallgasse. Der kleine Hengst spielte ausgelassen, doch Aileen schien es gar nicht wahrzunehmen. Sie stand an Wunders Seite, die Hand auf den runden Bauch der Stute gelegt, und blickte stirnrunzelnd auf etwas in ihrer Hand hinab.

„Was ist?“, fragte Christina.

Ihre Mutter hielt ein Thermometer hoch. „Wunder hat Fieber.“

„Schlimm?“

„Na ja ... nicht gut. Ich gebe ihr ein Antibiotikum“, antwortete Aileen. „Wenn Dr. Seymour morgen früh kommt, kann er sie gründlich untersuchen.“

Christina sah Wunder an. Sie hatte den Kopf gesenkt, und ihre Unterlippe hing herab. Christina konnte die rosa-graue Farbe im Inneren ihres Mauls sehen. Es war, als würde die Stute vor ihren Augen sterben.

„Kann ich irgendwie helfen?“, bot Christina an.

„Ich denke nicht“, sagte Aileen. „Wir sehen uns im Haus.“

Doch ihre Mutter war nicht zurück ins Haus gekommen, als es Zeit zum Abendessen war. Christina und Melanie machten sich Butterbrote und aßen sie, während sie ihre Hausaufgaben auf dem Boden im Wohnzimmer erledigten. Als Christina sich fürs Bett fertig gemacht hatte, war Aileen immer noch nicht zurück. Nachdem sie das Licht in ihrem Zimmer gelöscht hatte, saß Christina noch im Bett und sah aus dem Fenster zum Lichtschein im Stall hinüber. Sie überlegte, ob sie rausgehen und nachsehen sollte, ob ihre Mutter irgendetwas brauchte, doch sie war zu geschafft von all den zusätzlichen Arbeiten, die sie heute erledigt hatte. Innerhalb von Minuten hatte sie sich unter ihrer Decke zusammengerollt und war fest eingeschlafen.

# Kapitel 5

Es war noch dunkel draußen, als Christina aufwachte. Die roten Ziffern auf ihrem Radiowecker zeigten kurz vor vier. Sie drehte sich gerade herum, froh, noch anderthalb Stunden weiterschlafen zu können, da hörte sie draußen eine Wagentür zuschlagen. Christina setzte sich auf und sah aus dem Fenster. Aileen ging mit jemandem zum Stall.

Ist Dad früher zurückgekommen?, fragte sie sich. Der Fußboden unter ihren Füßen fühlte sich kalt an, während sie zum Badezimmer stolperte. Ohne das Licht einzuschalten, spähte sie aus dem Fenster. Dr. Seymours großer, weißer Geländewagen parkte unter dem Scheinwerfer vor dem Stall, in dem die Stuten und Fohlen untergebracht waren.

Alarmiert lief Christina in ihr Zimmer zurück und zog sich hastig eine Jeans über ihre Boxershorts. Sie rannte die Treppe hinunter, schlüpfte in Sekundenschnelle in ihre Stallschuhe und warf eine Jacke über das T-Shirt, in dem sie immer schlief. Dann lief sie zum Stall.

Beim Anblick von Dr. Seymour, der die Stute in der geöffneten Box untersuchte, blieb Christina abrupt stehen. „Wie geht es ihr?“, fragte sie. Wunder hustete einmal, als der Tierarzt sein Stethoskop über ihren Rumpf gleiten ließ.

Aileen nickte Christina schweigend zu, bevor sie fortfuhr, Dr. Seymour Wunders Zustand zu schildern. „Als ich Sie angerufen habe, hatte sie neununddreißig fünf Fieber. Sie hat noch überhaupt nichts gefressen, aber mehr Sorgen macht mir, dass sie ihr Wasser kaum angerührt hat. Ich habe etwas Elektrolyt-Pulver darin aufgelöst, aber das hilft ihr nicht, wenn sie nichts trinkt."

Das Fohlen huschte um Wunders Schweif herum, als sich der Tierarzt auf die andere Seite der Stute bewegte.

„Würdest du ihn bitte festhalten?", sagte Aileen.

Christina hockte sich hin und streckte die Hand mit der Handfläche nach oben nach dem kleinen Hengst aus. „He, Kleiner. Kennst du mich noch?"

Das Fohlen hob den Kopf und prallte rückwärts gegen seine Mutter, bevor es zur Seite unter ihrem Hals hindurchschoss. Dann schlug es den nächsten Haken, bis es gegen die Beine des Tierarztes stieß, und rannte so geradewegs in Christinas ausgebreitete Arme.

„Ich hab ihn", sagte sie, mit der einen Hand unter seinem Hals hindurch und mit der anderen fest um seine Hinterhand greifend. Sein Herz schlug so schnell, dass sie ihn beinahe wieder losließ. „Ganz ruhig. Ich tue dir nichts."

„Halt ihn in der Ecke fest, wenn du kannst", sagte Aileen.

„Was für ein hübscher Bursche du bist", murmelte Christina. „Wenn es Wunder wieder besser geht, kommt ihr nach draußen, und sie zeigt dir dein Zuhause." Sie hielt das Fohlen dicht an sich gedrückt, während Dr. Seymour Wunders Untersuchung fortsetzte. Der Körper des Kleinen zitterte, als sich Christina einmal räusperte. Es starrte zu ihr auf und betrachtete ihr Gesicht so eingehend, dass Christina beinahe laut aufgelacht hätte.

Zuletzt nahm der Tierarzt Wunder Blut ab und gab ihr eine weitere Spritze des Antibiotikums. Als er fertig war, ließ Christina das Fohlen los.

„Jetzt hast du deine Mama wieder für dich", sagte sie. Der kleine Hengst sprang an Wunders Seite. Überrascht stellte sie fest, dass Wunder nicht antwortete, als ihr Fohlen leise wieherte und nach ihrem Euter suchte.

Nachdem Aileen Dr. Seymour hinausbegleitet hatte, kehrte sie zurück und beugte sich über die Boxenabsperrung.

„Chris, du solltest eigentlich noch schlafen. Aber da du schon mal auf bist: Würde es dir etwas ausmachen, ein paar Minuten hier zu bleiben, während ich auf die Toilette gehe und mir einen Kaffee mache?“

Christina hatte nicht mal daran gedacht, wieder zu gehen. „Natürlich. Also, was hat Dr. Seymour gesagt?“, fragte sie.

„Er weiß nicht genau, woher das Fieber kommt, aber er will ihr Blut untersuchen.“ Aileen legte das Kinn auf die Arme, während sie Wunder ansah. Ihre Mundwinkel umspielten Sorgenfältchen, und unter ihren Augen lagen tiefe, dunkle Schatten.

„Sie wird doch wieder, oder?“, fragte Christina.

„Das hoffe ich, Chris. Das hoffe ich so sehr“, antwortete Aileen leise, bevor sie sich umdrehte und ging.

Aileen war immer noch bei Wunder in der Box, als es für Christina, Melanie und Kevin Zeit wurde, den Bus zur Schule zu nehmen.

„Vielleicht sollte ich heute lieber zu Hause bleiben und Mom helfen“, sagte Christina, als sie ein weiteres Mal nach Wunder sahen. Die Stute lag auf dem Boden. Sie hatte die Beine unter sich gezogen, und ihr Maul ruhte im Stroh. Neben ihr lag das Fohlen flach ausgestreckt auf der Seite und schlief. Aileen blickte von dem dicken tiermedizinischen Handbuch auf, das normalerweise oben auf dem Medizinschrank des Stalls stand.

„Nein. Du gehst zur Schule. Montage sind ruhig. Ich komme schon klar.“

„Bist du sicher?“, fragte Christina.

„Ich würde heute auch gerne auf Whitebrook bleiben“, bot Melanie an. „Meine Englischarbeit kann warten.“

„Netter Versuch“, sagte Aileen, „aber du musst zur Schule. Jonnie ist hier, und Dr. Seymour kommt später vorbei. Zur Not kann ich auch Samantha und Tor anrufen.“

„Na gut“, sagte Christina. „Aber ich komme direkt nach Hause. Die Welt geht nicht unter, wenn ich Sterling mal zwei Tage nicht reite.“

„Ich habe heute Training, aber ich kann dich nach dem Abendessen ablösen“, sagte Kevin. „Wobei es Wunder dann bestimmt schon wieder gut geht.“

Christina war dankbar für seinen zuversichtlichen Ton.

„Danke“, antwortete Aileen mit einem zurückhaltenden Lächeln. Christina wünschte, ihre Mutter würde etwas schlafen, doch sie wusste, dass sich Aileen zu sehr um Wunder sorgte, um zur Ruhe zu kommen. Ihr Kopf war wieder über das Buch auf ihrem Schoß gebeugt, noch bevor sich Christina einen Schritt entfernt hatte.

„Mach dich nicht verrückt, Chris“, sagte Melanie, als sie in den Bus stiegen und auf ihre Plätze rutschten. „Das wird schon wieder.“

„Ich weiß“, murmelte Christina. Als der Bus abfuhr, starrte sie aus dem Fenster zum Stall hinüber. „Wunder sah ziemlich schlecht aus, findest du nicht?“

„Na ja, sie sah nicht toll aus, aber sie ist eine Kämpfernatur“, entgegnete Melanie. „Vergiss das nicht.“

Stimmt, dachte Christina. Aber Wunder ist auch schon ziemlich alt. Ob sie noch die Kraft hat, zu kämpfen?

Der Unterricht schien sich ewig in die Länge zu ziehen. Christina schaffte es kaum, die Stunden abzusitzen, geschweige denn, sich zu konzentrieren. Sie musste immerzu an Wunder denken. In der Mittagspause rief sie zu Hause an, um mit ihrer Mutter zu sprechen. Doch niemand nahm ab – nur der Anrufbeantworter sprang an. Sie musste einfach weiter hoffen und sich bis nach der Schule gedulden.

Dr. Seymours Geländewagen stand vor dem Stall, als der Bus Christina an der Auffahrt absetzte. Melanie musste nachsitzen, weil sie ihre Turnsachen vergessen hatte, daher würde sie den späteren Bus nach Hause nehmen.

Christina warf ihren Rucksack vor die Tür der Sattelkammer und eilte zu Wunders Box. Auf dem Weg dorthin hörte sie Dr. Seymours tiefe Stimme.

„Es wird Zeit, Aileen."

„Lassen Sie mir noch ein paar Minuten?" Die Stimme ihrer Mutter klang belegt.

„Ich bin draußen, wenn Sie so weit sind."

Er verließ gerade die Box, als Christina sie erreichte und hineinsah. Sie erschrak beim Anblick der herzzerreißenden Szene vor ihr. Aileen saß im Stroh und hielt Wunders Kopf auf ihrem Schoß. Die Stute atmete flach und stockend. Wunders Fohlen stand beim Schweif seiner Mutter und sah klein und verwirrt aus. Christina empfand tiefes Mitleid mit ihm.

„Was ist hier los?", fragte sie und starrte ihre Mutter an.

Aileen sah mit tränenüberströmtem Gesicht zu ihr auf. „Wunder hat innere Blutungen", erklärte sie ihrer Tochter mit brüchiger Stimme. Sie biss sich auf die Lippe und wandte den Blick ab. „Wir müssen sie erlösen."

„Erlösen? Du meinst, wir müssen sie einschläfern?" Ein Schauer lief durch Christinas Körper.

Hinter ihr räusperte sich Dr. Seymour. „Es geht ihr immer schlechter. Es ist das Beste, wenn wir sie loslassen."

Was redeten die da? „Wunder ist doch bloß erschöpft von der Geburt, oder nicht?“, fragte Christina zögernd. „Sie braucht nur etwas Zeit, um sich zu erholen ...“

Dr. Seymour schüttelte den Kopf. „Ihr Blut ist voller Giftstoffe, und ihre inneren Organe sind zu schwer geschädigt. Der Körper der Stute gibt auf, Christina.“

Christina sah ihre Mutter forschend an. „Aber können wir sie nicht in die Klinik bringen?“

Aileen streichelte Wunders kupferfarbenen Schopf und schüttelte den Kopf. „Es wäre grausam, sie noch länger leiden zu lassen.“

„Aber was ist mit dem Fohlen?“ Christina sprach mit zu lauter Stimme, doch das war ihr egal. Ihre Mutter zuckte gequält zusammen, doch als sie Christina ansah, war ihr Gesicht starr und ihre Stimme kühl. „Darum kümmern wir uns später.“

Christina spürte, wie ihr beim Tonfall ihrer Mutter das Blut aus dem Gesicht wich. Sie erschrak, als der Tierarzt ihren Ellbogen berührte.

„Komm mit nach draußen“, sagte Dr. Seymour sanft und nickte zu seinem Wagen. „Aileen braucht ein bisschen Zeit, um sich zu verabschieden.“

Christina folgte ihm zu seinem Wagen und sah schweigend zu, wie er in den Metallschubladen kramte.

„Manchmal kann ich nur noch etwas Gutes für ein krankes Tier tun, indem ich es schnell und schmerzfrei sterben lasse.“

Christina sah zu Boden, als Dr. Seymour ihr die Hand auf den Arm legte.

„Ich kenne deine Mutter schon lange“, fuhr er fort. „Und ich weiß, dass dies keine leichte Entscheidung für sie ist. Mach es ihr nicht noch schwerer, als es ohnehin schon ist.“

Ein Kloß bildete sich in Christinas Hals, während sich die Worte des Tierarztes setzten. Sie hatte sich so um Wunder gesorgt, dass sie kaum daran gedacht hatte, was ihre Mutter durchmachen musste. Wunder war Aileens Pferd, und nun verlor sie es. Wenn Sterling jemals etwas passieren würde, wüsste Christina nicht, was sie tun würde. Genauso musste es Aileen mit Wunder gehen, wenn nicht noch schlimmer, nach so vielen gemeinsamen Jahren.

Dr. Seymours Gesicht wurde weich. „Warum gehst du nicht ins Haus?"

Christina schüttelte den Kopf. Ihre Mutter brauchte sie.

Als sie zurückkehrten, hatte Aileen die Wange an Wunders Stirn gelegt. Dr. Seymour räusperte sich, und Aileen richtete sich auf.

„Ich will bleiben", beharrte Christina.

Aileen nickte. Sie war zu müde, um zu streiten.

„Möchten Sie Wunder nach draußen bringen?", fragte der Arzt.

Christina wusste, woran Dr. Seymour dachte: Wie viel schwieriger es sein würde, das Pferd aus dem Stall zu bekommen, nachdem es eingeschläfert worden war.

„Nein." Ihre Mutter sprach jetzt mit fester, klarer Stimme. „Sie soll nicht aufstehen müssen."

Der Tierarzt sah Christina an. „Warum nimmst du das Fohlen nicht mit da rüber, damit es aus dem Weg ist?"

Christina nickte und ging zu dem kleinen Hengst hinüber. Sie legte eine Hand an seine zitternde Schulter und schlang den anderen Arm um seine Hinterhand, um ihn von seiner Mutter wegzuführen. Der Hengst sträubte sich nicht, doch sein Herz schlug aufgeregt, und in seinen großen Augen spiegelte sich Angst. Christina umschlang ihn mit den Armen und drückte ihn an sich.

Dr. Seymour hockte sich neben Wunder. Christina hörte einen Traktor vorbeifahren und Stimmen aus dem Rennstall, in dem der Abenddienst begann. Wie konnte alles andere normal weitergehen, während sich im Stall der Zuchtstuten die Welt veränderte?

Der Tierarzt zog die Kappe von der Spritze. Christina starrte auf die Strohhalme hinab, die am flauschigen Rücken des Fohlens hafteten, und drückte es noch fester an sich. Der kleine Hengst wieherte seiner Mutter leise zu. Doch er bekam keine Antwort. Aileen stieß ein ersticktes, verzweifeltes Schluchzen aus, und Christina blickte auf. Wunders Körper lag reglos da. Sie war tot.

Aileen rührte sich nicht. Sie hatte die Arme fest um Wunders Hals geschlungen, und stilles Schluchzen schüttelte ihren Körper.

„Mom?“, rief Christina fast heiser.

Aileen rührte sich immer noch nicht.

Das Fohlen wieherte noch einmal und wand sich in Christinas Armen, bis es sich aus ihrem Griff befreit hatte. Es brach Christina fast das Herz. Sie versuchte, es zurückzuhalten, doch der Tierarzt fing das Fohlen ein, bevor es Wunder erreichte.

Dr. Seymour kraulte den verwaisten Hengst. „Der kleine Kerl hat eine schwere Zeit vor sich“, sagte er mit ernster Stimme. „Bringen wir ihn in eine andere Box, und dann zeige ich dir, wie man die Fohlenmilch anmischt.“

# Kapitel 6

„Wenn das Fohlen ohne seine Mutter überleben soll, muss es jemand rund um die Uhr füttern“, erklärte Dr. Seymour.

„Das kann ich machen“, sagte Christina und beobachtete genau, was er ihr zeigte.

Der Tierarzt zog die Augenbrauen nach oben.

„Ich kann ja alle mit einspannen“, bekräftigte sie mit fester Stimme.

Sie waren in der Sattelkammer und sahen den Karton mit Vorräten durch, die Dr. Seymour für das Fohlen daließ. Wenn der sowieso schon kränkliche Hengst nicht die schützenden Antikörper aus Wunders erster Milch bekommen hätte, wäre er jetzt anfällig für alle möglichen Infektionen und würde mit Sicherheit sterben. Doch der Kleine hatte fast zwei Tage bei seiner Mutter getrunken. Das hieß, er hatte eine Chance, und Christina war fest entschlossen, alles zu tun, damit er überlebte.

„Achte darauf, alles gut zu verrühren“, wies Dr. Seymour sie an. „Aber lass die Milch erst abkühlen, bevor du sie ihm gibst. Ich lasse dir noch vier Flaschen zusätzlich da. Mach immer mehr, als du glaubst, dass du brauchst – er wird ständig Hunger haben.“

Christina nickte und nahm eine Flasche.

„Also gut“, sagte der Tierarzt, während er Christina aus der Sattelkammer folgte. „Versuchen wir es.“

Als sie die hastig bereitete Fohlenbox erreichten – eine

freie Box neben Sterlings –, fanden Christina und Dr. Seymour den kleinen Hengst so vor, wie sie ihn verlassen hatten: Er kauerte in einer Ecke, die Beine unter sich gezogen, die Nase im Stroh. Er sah in der großen Box winzig und verloren aus.

„Lass ihn an deiner Hand riechen", forderte Dr. Seymour sie auf.

Christina kniete sich neben den kleinen Hengst. „Ist ja gut", sagte sie leise. Er spitzte aufmerksam die Ohren, doch er sah so mitleiderregend aus, dass sie beinahe angefangen hätte zu weinen. „Armer kleiner Kerl", flüsterte sie, während sie etwas von der warmen, weißen Flüssigkeit aus der Flasche auf ihre Handfläche drückte und unter sein Mäulchen hielt.

Das Fohlen schnupperte neugierig an der Milch. Es stieß das Maul in ihre Handfläche und tauchte die gekräuselten Barthaare in die weiße Flüssigkeit. Dann leckte es sich die Lippen und wackelte mit dem Kopf, als müsse es noch entscheiden, ob ihm der Geschmack zusagte oder nicht. Doch der kleine Hengst hatte Hunger, und bald suchte er nach mehr.

„Gut, jetzt lass ihn an deinem Finger saugen ... und dann schieb ihm den Sauger der Flasche ins Maul."

Christina ließ das Fohlen ihren Zeigefinger ins Maul nehmen. Sie spürte seinen Gaumen, als es kräftig zu nuckeln begann, doch es kam natürlich nichts heraus, und es rammte enttäuscht die Nase in ihre Handfläche. Christina schob sich rasch die Flasche in die Hand, zog den Finger aus dem Maul des Fohlens heraus und ersetzte ihn durch den Gummisauger. Der kleine Hengst begann hungrig zu nuckeln, bis die Milch an den Seiten seines Mauls hinabtroff. Er trank!

„Okay“, sagte der Tierarzt, als Christina triumphierend lächelte. „Ich werde jetzt ein paar Anrufe für deine Mutter erledigen, und dann muss ich weiter. Ruf mich an, wenn du mich brauchst.“

„Dr. Seymour?“, fragte Christina und blickte zu dem Tierarzt auf.

„Ja?“

„Wie lang ... wie lang dauert es, bis wir wissen, ob er es schafft oder nicht?“

Der Tierarzt schob die Hände in die Taschen und drehte nachdenklich den Kopf zur Seite. „Eine Woche“, antwortete er schließlich. „Wenn er gut trinkt und in einer Woche schon kräftiger aussieht, dann, würde ich sagen, hat er auch ohne seine Mama ziemlich gute Chancen.“

„Danke“, sagte Christina, und Dr. Seymour ging. Wieder und wieder zeichnete sie mit dem Finger den Umriss des hübschen weißen Sterns auf der Stirn des Fohlens nach, während es an der Flasche nuckelte. Seine Augenlider wurden bereits schwer. Bald hörte es auf zu saugen und schlief ein. Die kleine Flasche war immer noch halb voll. Eine Woche, dachte Christina traurig. Wird das kleine, schwache Fohlen überhaupt so lange leben?

Samantha und Tor kamen sofort, als Dr. Seymour sie anrief.

„Wo ist sie?“, fragte Sam, als Christina aus der Box des verwaisten Fohlens trat.

„In Wunders Box“, antwortete Christina, wobei ihr wieder die Tränen in die Augen stiegen.

Samantha umarmte sie. „Ach, Chris. Ich weiß, wie schwer das ist.“

„Wie geht es dem Fohlen?“, fragte Tor mit einem Blick in die Box.

„Ich weiß nicht; ich hab ihm die Flasche gegeben, aber es ist nach der Hälfte eingeschlafen“, sagte Christina hilflos.

Samantha wechselte mit Tor mitfühlende Blicke. „Es ist vielleicht besser, wenn du dein Herz nicht zu sehr daran hängst, Chris.“

„Wieso?“, wollte Christina wissen. Sie suchte im Gesicht ihrer Reitlehrerin nach einem Rest Hoffnung. Doch was sie fand, war nur Mitleid.

„Verwaiste Fohlen sind schwierig aufzuziehen. Möglich, dass er ohne Wunder nicht durchkommt“, erklärte Sam.

Christina zog trotzig die Augenbrauen nach oben. Es wunderte sie, dass Sam das Fohlen einfach so abschrieb.

„Aber das ist nicht das Einzige“, fuhr Sam fort. Sie sah Hilfe suchend zu Tor.

Tor schüttelte den Kopf. „Einige Waisen entwickeln sich normal, aber viele von ihnen werden ... na ja ... schwierig. Du kannst Wunders Milch ersetzen, aber es ist schwer, die Dinge zu ersetzen, die sie ihm beigebracht hätte.“

„Aber er kann mit den anderen Fohlen nach draußen, wenn er groß genug ist“, sagte Christina mit stockender Stimme. Warum mussten sie alles so negativ sehen?

Tor nickte. „Vielleicht ...“

„Komm“, sagte Samantha. Sie zupfte Tor am Ärmel und ging weiter. „Aileen braucht unsere Hilfe.“

Aileen kauerte immer noch zusammengesunken über Wunder, genau wie Christina sie verlassen hatte. Samantha stürzte in die Box, um ihr aufzuhelfen. Christina musste sich abwenden. Sie konnte den Anblick von Wunders Körper, der leblos im Stroh lag, nicht ertragen.

„Komm, wir kümmern uns um alles“, sagte Samantha. Die Arme um ihre Freundin geschlungen, führte sie Aileen aus der Box. „Versuch, etwas zu schlafen. Der Tierarzt hat gesagt, dass du seit gestern auf bist.“

Aileen versuchte, Samanthas Arm abzuschütteln. „Ich muss entscheiden, wo wir sie begraben“, sagte sie. Ihre Stimme klang weit weg, und ihr Blick war leer.

„Gut“, hörte Christina Samantha sagen, während sie langsam die Stallgasse hinuntergingen. „Zeig mir, wo sie hin soll, aber dann geh bitte ins Bett. Du musst dir das nicht mit ansehen.“

Tor folgte Aileen und Sam aus dem Stall, und Christina eilte zurück zur Box des Fohlens. Sie konnte sich nicht vorstellen, welchen Schmerz ihre Mutter über Wunders Tod empfinden musste. Doch dort, im Stroh zusammengerollt, lag Wunders letztes Fohlen. Christina hatte Verständnis dafür, wenn ihre Mutter im Moment zu sehr trauerte, um an den kleinen Hengst zu denken, obwohl sie ihm seinen ersten Atem gespendet hatte. Auch Christina war traurig, aber ohne sie hatte das Fohlen überhaupt niemanden mehr.

Der Kleine schlief immer noch, doch sie setzte sich neben ihn ins Stroh und sah ihm dabei zu. Sie betete, dass er überlebte. Denn wenn nicht, wäre Wunder ganz umsonst gestorben.

Nachdem sie das Fohlen vergeblich zu wecken versucht hatte, nickte Christina schließlich selbst ein. Sie lag ausgestreckt neben dem pelzigen, braunen Bündel und rührte sich nur einmal beim Klang von Stimmen und Geräuschen, die von der Stallgasse zu ihr drangen. Tor und Jonnie holten Wunders Körper aus der Box. Doch Christina fiel wieder in den Schlaf, bis sie schließlich von kitzelnden Barthaaren an ihrer Hand geweckt wurde. Das Fohlen war aufgewacht und schnupperte an der Flasche. Aber als sich Christina aufsetzte und sie ihm anbot, weigerte es sich, zu trinken. Der kleine Hengst stand auf wackeligen Beinen und begann, die Box zu erkunden. Mit zitternden Schritten wagte er sich in jede Ecke, hob schließlich den Kopf und wieherte kläglich nach seiner Mutter.

Christina, den Tränen nahe, sah ihm hilflos zu. Das Fohlen fühlte sich einsam und verlassen – natürlich trank es nicht. Es gab nichts, was sie tun konnte. Es würde schwächer und schwächer werden, und dann ...

„Armer Kleiner", hörte Christina jemanden hinter sich sagen. Sie drehte sich um und sah ihre Cousine auf die Boxentür gestützt.

„Er trinkt nicht, Mel", jammerte Christina.

„Soll ich dir helfen?" Melanie öffnete die Tür. Sie setzte sich im Schneidersitz neben Christina, und als der kleine Hengst herankam, um an ihrer ausgestreckten Hand zu schnuppern, begann Melanie, seinen Rücken zu streicheln. Die langen Beine des Kleinen knickten unter ihm ein, und es kuschelte sich vor den beiden Mädchen ins Stroh.

„Er wird schwächer", flüsterte Christina. Ihre Hand umklammerte die Flasche. „Er muss mehr trinken, sonst stirbt er auch."

Melanie verzog gequält das Gesicht. Christina hatte den Stall nicht verlassen, seit Wunder gestorben war, doch sie wusste, dass sie die Stute hinausgeschafft hatten, um sie zu beerdigen. Wahrscheinlich hatte Melanie gesehen, wie das Grab ausgehoben wurde, als ihr Bus angekommen war.

Melanie strich über das Mäulchen des Fohlens, und es tastete neugierig mit den Lippen nach ihren Fingern. „Er versucht, an meiner Hand zu nuckeln!", hauchte sie gerührt.

Christina erinnerte sich daran, wie sie dem Fohlen unter Dr. Seymours Anleitung zum ersten Mal die Flasche gegeben hatte. Vielleicht war es nicht richtig gewesen, zu erwarten, dass es, nachdem das einmal funktioniert hatte, beim nächsten Mal gleich die Flasche nehmen würde. Sie musste mehr Geduld mit ihm haben.

Christina drückte so lange auf die Flasche, bis ihr die weiße Flüssigkeit über die Hand rann, und schob den Zeigefinger in die Maulspalte des Fohlens. Plötzlich öffnete es das Maul und rollte seine rosa Zunge unter ihre Finger. Dann fing es gierig an zu saugen.

„Schnell", sagte sie zu Melanie. „Drück auf die Flasche, damit die Milch an meiner Hand runterläuft."

Das meiste ging daneben und landete auf dem Boden, doch es war besser als nichts.

Als die Flasche leer war, leckte sich das Fohlen die Lippen und stupste schläfrig Christinas Arm an.

„Meinst du, er hat vielleicht noch mehr Hunger?", flüsterte Melanie.

Doch das Fohlen plumpste zurück ins Stroh, erschöpft von der Anstrengung des Trinkens. Christina beobachtete, wie die langen Wimpern des kleinen Hengstes im Schlaf zuckten. Sie hatte viele Fohlen, die nur wenige Tage alt gewesen waren, über Whitebrooks grüne Weiden galoppieren sehen, doch dieses hier schaffte es kaum, den Kopf zu heben, um zu trinken.

Weder der Tierarzt noch Sam und Tor glaubten, dass das Fohlen durchkommen würde. Aber ich werde ihnen das Gegenteil beweisen, dachte Christina stur. Sie musste es nur immer weiter versuchen.

Nach einer Weile ging Melanie wieder rüber zum Haus, um zu sehen, ob sie dort irgendwie behilflich sein konnte. Bis jetzt hatte der kleine Hengst nur eine der vier Flaschen, die der Tierarzt dagelassen hatte, getrunken, und das war nicht annähernd genug. Christina konnte ihn jetzt nicht allein lassen. Sie wollte da sein und die Flasche für ihn bereit haben, sobald er wieder Hunger bekam. Falls er wieder Hunger bekam. Sie bat ihre Cousine, ihr einen Schlafsack und etwas zu essen zu bringen. Sie hatte vor, die Nacht im Stall zu verbringen.

Wenn das Fohlen schlief, schlief auch sie, eingerollt in ihren Schlafsack, eine von Sterlings Decken über sie beide geworfen. Wenn sich das Fohlen regte, setzte sich Christina auf und begann, es die Milch tropfenweise von ihren Fingern saugen zu lassen – eine langwierige, klebrig-feuchte Angelegenheit.

Einmal, mitten in der Nacht, hörte das Fohlen auf zu saugen, legte das Kinn in Christinas nasse Handfläche und sah mit traurigen Augen zu ihr auf.

„Hallo, du", murmelte Christina zärtlich. Das Fohlen blinzelte und bewegte beim Klang ihrer Stimme die kleinen, braunen Ohren.

„Du brauchst einen Namen. Ich kann dich nicht immer nur ‚du' nennen", flüsterte Christina. Der kleine Hengst nickte mit dem Kopf, und sein weißer Stern blitzte im Mondlicht auf, das durch das Boxenfenster fiel.

Warum war sie nicht früher darauf gekommen? Stern. Wunders Stern. Es passte perfekt.

Der Kopf des Fohlens wurde wieder schwer. Christina ließ ihn sanft auf die Decke ab, legte sich schützend um Sterns zierlichen Körper und schlief bald, eingelullt von dem regelmäßigen Heben und Senken seines Brustkorbs, wieder ein.

„Jemand zu Hause?"

Beim Klang der Stimme ihres Vaters setzte sich Christina

mit einem Ruck auf. Erschrocken rappelte sich auch das Fohlen hoch. Sie streckte eine Hand aus, um es zu stützen.

„Hier drin, Dad!“, rief Christina und schälte sich aus ihrem Schlafsack.

„Ach, Chris“, sagte Mike. Er öffnete den Riegel und betrat die Box. „Komm her.“ Er breitete die Arme aus, und Christina warf sich hinein. Ein Gefühlschaos brauste in ihr auf, als ihr Vater sie fest umarmte. Sie war froh, ihn wieder zu Hause auf Whitebrook zu haben, doch so vieles hatte sich verändert, seit er nach Florida abgereist war. Unter dem Arm ihres Vaters hindurch sah sie in das neugierige Gesicht des kleinen Hengstes mit dem weiß leuchtenden Stern.

Christina löste sich von ihrem Vater und wischte sich die Tränen ab, die sie nicht hatte zurückhalten können. „Wann bist du zurückgekommen?“, fragte sie schniefend.

„Gerade eben. Ich bin sofort von Florida aufgebrochen, als Sam angerufen hat. Ich bin die ganze Nacht durchgefahren“, erklärte Mike. Er streichelte ihr übers Haar und zog ein Taschentuch aus seiner Tasche. „Wie geht es dem Fohlen denn?“

„Gut“, entgegnete Christina, gleich in einer Verteidigungshaltung. „Ich habe ihn Stern getauft.“

Mike tat einen Schritt auf den Hengst zu und streckte die Hand nach ihm aus, doch Stern torkelte ängstlich davon und drückte sich gegen Christinas Beine.

Sie streichelte seinen Hals. „Es ist alles gut, er tut dir nichts“, murmelte sie. „Das ist mein Vater.“

„Na, Stern scheint immerhin zu wissen, wer seine neue Mutter ist“, sagte Mike und zog die Augenbrauen hoch.

„Wer denn?“ Christina starrte ihren Vater verwirrt an.

„Du.“

„Dad“, sagte Christina und musste einen neuen Tränenansturm unterdrücken, als das Fohlen hungrig ihre Hand zu lecken begann. „Stern soll nicht sterben."

Mike betrachtete das Fohlen mit prüfendem Blick. Sein Gesichtsausdruck war schwer zu deuten. Würde er, wie alle anderen, sagen, dass Stern kaum eine Chance hatte?

„Also, noch ist er ja da", sagte ihr Vater nach einer langen Pause. „Mach nur so weiter – dann packt er das schon."

Christinas Herz lief über vor Erleichterung.

„Gib ihm lieber eine neue Flasche, bevor er deine Hand auffrisst. Ich gehe deine Mutter suchen", fügte Mike hinzu.

Christina schob den Hengst sanft von sich und folgte ihrem Vater aus der Box, um eine neue Flasche Milch zu holen. An der Tür zur Sattelkammer drehte sie sich noch einmal um und sah ihrem Vater nach.

„Dad?"

Mike blieb stehen und wendete sich zu ihr um. „Ich weiß, Mom ist furchtbar traurig wegen Wunder. Aber sagst du ihr, dass es Stern gut geht?", fragte Christina nervös.

„Natürlich mache ich das", versicherte Mike ihr.

Als Christina zur Box zurückkehrte, schnupperte Stern an der neuen Flasche und wartete begierig darauf, dass Christina die Milch wieder auf ihre Hand drückte. Doch das dürftige Rinnsal, das von ihren Fingerspitzen tröpfelte, schien ihn nicht mehr zu befriedigen. Christina lenkte sein Maul zu dem roten Gummisauger, und endlich fing Stern an, richtig zu trinken. Er saugte hungrig, bis die ganze Flasche leer war.

„Fein gemacht, Stern!", lobte Christina und drückte das Fohlen so fest sie konnte. Ihre Hände und Arme klebten von dem weißen Zeug, und ihre Augen brannten, weil sie so wenig geschlafen hatte, doch das kümmerte sie im Moment alles überhaupt nicht. Der Hengst hielt eine Sekunde lang still, bis er sich aus ihrem Griff wand. Stern wurde langsam kräftiger, da war sich Christina sicher.

Auf der Stallgasse schob Jonnie eine Schubkarre vorbei. Vor der Box setzte er sie ab und stützte sich auf die Tür. „Du kannst nicht den ganzen Tag hier bleiben, Christina“, sagte er, seinen grauen Haarschopf schüttelnd. „Du hast Schule.“

„Aber ich muss mich um Stern kümmern“, beharrte Christina.

„Stern?“, sagte der Stallbursche lächelnd. „Das ist ein hübscher Name.“

„Wunders Stern“, ergänzte Christina.

„Ich hab deinem Vater gesagt, dass ich ihn füttere, wenn du in der Schule bist“, bot Jonnie an. „Aber jetzt, wo die anderen Stuten auch bald fohlen, haben wir alle viel zu tun. Wir müssen uns darauf verlassen können, dass du und deine Freunde ihn die restliche Zeit über versorgt.“

„Das werden wir“, versprach Christina. „Wie spät ist es denn?“ Es kam ihr vor, als wäre sie seit Wochen im Stall.

„Zeit, ins Haus zu gehen und dich für die Schule fertig zu machen“, antwortete Jonnie. „Geh schon. Ich füttere deinen kleinen Stern.“

Christina rollte ihren Schlafsack zusammen und verließ die Box. Stern wollte ihr hinterherlaufen, doch Jonnie versperrte ihm den Weg und hatte bereits eine neue Flasche in der Hand. Während sie aus dem Stall eilte, versuchte Christina, Sterns Rufe zu überhören. Sie klangen genau wie sein verzweifeltes Wiehern nach Wunder in der Nacht zuvor – nur diesmal war sie es, nach der er rief.

Die erste Woche mit Stern war anstrengend. Christina blieb bei ihm, wann immer sie konnte, und nachts wechselte sie sich mit Melanie und Kevin ab. Das Fohlen musste alle zwei

Stunden gefüttert werden. Parker brachte Sterling schließlich mit dem Hänger nach Whitebrook zurück. Die Stute stand also wieder in ihrer Box, doch Sterns Rund-um-die-Uhr-Versorgung ließ Christina kaum Zeit zum Reiten. An manchen Tagen schaffte sie es, einen kurzen Ausritt einzuschieben, und trabte Sterling über die matschigen Wiesen, die Whitebrook umgaben. Doch meistens blieb ihr gerade genug Zeit, um Sterling zu putzen, bevor sie Stern wieder die Flasche geben musste. Jeden Abend war Christina so müde, dass sie über ihren Hausaufgaben einschlief. Doch jeden Morgen, wenn sie Stern sah, der wach und immer kräftiger auf den Beinen stand und ihr aus seiner Box entgegenwieherte, wusste Christina, dass es die Arbeit wert war.

Am Sonntag kam Dr. Seymour, um nach Stern zu sehen. Christina hielt den Kleinen fest und wartete nervös, während der Tierarzt ihn untersuchte. Zuerst fühlte er Sterns Puls, wobei er mit gerunzelter Stirn auf seine Uhr sah. Dann hörte er ihn mit dem Stethoskop ab und sah ihm mit einer Taschenlampe in Augen und Ohren. Er maß Sterns Temperatur und nahm ihm Blut ab. Stern zuckte zusammen, als die Nadel seine Haut durchstach.

„Ist gut, mein Junge“, beruhigte Christina ihn. „Ich halte dich.“ Sterns Ohren spielten beim Klang ihrer Stimme vor und zurück, und der Hengst ließ sich von Christina festhalten, bis der Tierarzt fertig war.

„Bemerkenswert“, sagte Dr. Seymour. „Ich mache noch ein paar Bluttests, aber ich kann fast garantieren, dass alles in Ordnung ist. Er ist so gesund, wie ein Fohlen nur sein kann, besonders wenn man bedenkt, was er alles durchgemacht hat.“

Christina traute ihren Ohren kaum. „Sie meinen, dass er durchkommt?“, fragte sie. Sie ließ Stern los, und der Hengst schüttelte sich.

„Ja, er wird überleben“, sagte der Tierarzt lächelnd. „Dank dir. Aber das Schwierigste kommt erst noch. Er ist eine Waise, Christina – die machen viel Arbeit.“

„Das kriegen wir schon hin! Nicht wahr, Stern?“, rief Christina und kraulte die Ohren des Hengstes. Stern nickte zur Antwort mit dem Kopf und trottete dann wackelig auf die andere Seite der Box.

„Ich rufe an, wenn ich die Ergebnisse der Blutuntersuchung habe“, versprach Dr. Seymour. Er öffnete die Boxentür. „Und du kannst mich auch jederzeit anrufen, wenn du mich brauchst.“

„Danke“, sagte Christina. Sie folgte dem Tierarzt hinaus zu seinem Wagen und eilte dann weiter zum Haus. Sie konnte es kaum erwarten, ihren Eltern alles zu erzählen – Stern würde es schaffen!

Christina platzte in die Küche. Ihr Vater stand an der Spüle und schrubbte Kartoffeln, während ihre Mutter am Küchentisch stand und Käse rieb.

„Wisst ihr was?“, fragte Christina atemlos.

„Was?“, entgegnete Aileen und sah ihre Tochter an.

„Dr. Seymour sagt, Stern ist ganz gesund. Ich muss ihm immer noch die Flasche geben und ihn beobachten, aber er wird durchkommen!“

Aileen legte die Käsereibe hin und starrte in die Schüssel auf dem Tisch.

Mike streifte sie mit einem Blick und drehte sich dann zu Christina um. „Das sind wunderbare Neuigkeiten, Chris, wirklich.“ Er warf Aileen wieder einen kurzen Blick zu. Sie starrte immer noch in die Schüssel mit geriebenem Käse.

Christina hatte ihre Mutter noch nie so abwesend gesehen. Mike räusperte sich und trocknete sich die Hände an einem Geschirrtuch ab. „Vielleicht könntest du bald versuchen, ihn nach draußen zu lassen, Chris“, schlug er vor. „Ich helfe dir dabei, wenn du so weit bist.“

„Danke, Dad!“ Christina lächelte, erleichtert, dass ihr Vater seine Hilfe anbot. Stern würde es gut tun, an die frische Luft zu kommen. „Und wenn die anderen Stuten ihre Fohlen haben, dann kann er mit ihnen zusammen auf der Weide spielen“, sagte sie aufgeregt.

Aileen stand schnell auf und trug die Schüssel mit dem Käse zur Arbeitsplatte. Mit gesenktem Kopf huschte sie dann an Christina vorbei und zur Küchentür hinaus.

„Wir können für deinen Zwerg zusätzliche Löcher in eines der Fohlenhalfter stanzen“, fuhr Mike fort.

Doch Christina starrte ihrer Mutter nach.

Aileen benahm sich so sonderbar – sie hatte kaum ein Wort gesagt.

Vielleicht braucht sie nur noch etwas Zeit, um über Wunders Tod hinwegzukommen, dachte Christina traurig. Aber Stern war doch Wunders Fohlen. Wollte ihre Mutter ihm denn gar nicht helfen?

# Kapitel 7

Sobald der Schulbus am nächsten Nachmittag an der Auffahrt von Whitebrook hielt, sprang Christina von ihrem Sitz auf und zur Tür hinaus. Ohne anzuhalten rannte sie zum Stall. Sie warf ihre Schultasche achtlos in die Ecke und fasste ihre langen, rotblonden Haare zu einem Pferdeschwanz zusammen, während sie in die Sattelkammer lief. Sie musste Stern füttern, seine Box ausmisten, Sterling putzen ... Ich sehe lieber zu, dass ich voran mache, sagte sie sich.

Als sie Sterns Box erreichte, kauerte sich der Hengst in die Ecke, in der er immer lag, wenn er allein war. Er wieherte leise, als er Christina sah, und stand mühsam auf. Christina machte die Tür auf und eilte an seine Seite. Sie fand es furchtbar, ihn den ganzen Tag allein zu wissen, außer wenn Jonnie zum Füttern kam.

Christina hatte schon überlegt, Sterling und Stern zusammen in eine der großen Abfohlboxen zu stellen, doch sie wusste, dass das Risiko zu groß war. Die beiden waren bereits Boxennachbarn, und immer, wenn der kleine Hengst den Kopf reckte, um durch die Stäbe, die die Boxen im oberen Teil trennten, Sterlings Nase zu beschnuppern, knirschte die Stute mit den Zähnen und trat warnend gegen die Wand. Ein gezielter Tritt von Sterling würde ausreichen, um den Kleinen schwer zu verletzen oder sogar zu töten. Älteren Pferden war in der Gegenwart von Fohlen einfach nicht zu trauen. Selbst die Zuchtstuten, die bald selbst Fohlen bekamen, würden in Stern eine Bedrohung für ihre Neugeborenen sehen und ihn angreifen.

Wenn die anderen Fohlen älter waren, wollte Christina versuchen, Stern mit ihnen zusammen auf die Weide zu lassen. Doch fürs Erste würde er sich daran gewöhnen müssen, allein zu sein.

Der Hengst nuckelte andächtig an der Flasche, die Augen geschlossen, während Christina mit einer weichen Bürste über seinen pelzigen Körper fuhr. Stern war immer noch sehr klein und zart und mit mausbraunem, flauschigem Fell bedeckt, doch unter dem Fohlenpelz schienen bereits einige leuchtend kupferfarbene Haare durch. Stern würde ein Fuchs werden, genau wie Wunder ...

Als der Hengst die Flasche ausgetrunken hatte, küsste Christina ihn mitten auf seinen herzförmigen Stern. „Sei lieb", sagte sie. „Ich gehe jetzt reiten."

Eilig putzte und sattelte Christina Sterling und führte sie aus dem Stall in den Sonnenschein des Spätnachmittags hinaus. Pünktlich kam Parker auf Foxy den Weg zwischen den hinteren Weiden heruntergetrabt.

„Fertig zum Ausritt?", rief er.

Christina reichte ihm Sterlings Zügel. „Kannst du sie eine Sekunde halten?", fragte sie. „Ich will nur noch mal schnell nach Stern sehen, bevor wir losreiten."

„Kein Problem."

Christina rannte zurück zur Sattelkammer, wo Melanie und Kevin saßen und Trensengebisse putzten.

„Wollt ihr zwei mit uns kommen?", fragte Christina, wohl wissend, wie die Antwort lauten würde. Sie standen beide jeden Morgen um fünf Uhr auf, um die Rennpferde zu reiten, und obwohl sie den Job liebten, war Reiten um diese Tageszeit das Letzte, was sie wollten.

„Nee, vielen Dank auch“, sagte Melanie. „Ich hab heute Morgen schon in genug Sätteln gesessen.“

„Ich auch“, fügte Kevin hinzu.

„Könntet ihr denn mal nach Stern sehen, während ich weg bin?“, fragte Christina.

„Ja, Mama“, antwortete Melanie lachend.

„Keine Sorge, Chris“, versicherte Kevin ihr. „Deinem Stern passiert schon nichts.“

„Danke“, sagte Christina und eilte wieder nach draußen.

„Hab gar nicht gewusst, was für eine Glucke du sein kannst“, zog Parker sie auf, während er darauf wartete, dass sie aufsaß.

Christina schwang sich auf Sterlings Rücken und streichelte den Hals der Stute, um sie für ihr Stillstehen zu loben. „Na ja, was würdest du machen, wenn er dein Fohlen wäre?“, fragte sie. Sie nahm die Zügel auf und steckte die Füße in die Steigbügel.

„Weiß nicht. Ihn im Haus halten wahrscheinlich“, scherzte Parker. „Meine Mutter wäre begeistert!“

Christina lachte bei der Vorstellung, ein Pferd würde in dem makellos sauberen Wohnhaus von Townsend Acres leben. Brad und Lavinia Townsend waren nicht gerade die verständnisvollsten Eltern der Welt, besonders wenn es um Pferde ging. Sie betrachteten die Aufzucht und das Training von Rennpferden als ein Geschäft, mit dem sich Geld verdienen ließ. Pferde waren da, um zu rennen und zu gewinnen, nicht um bemuttert und verhätschelt zu werden. Zum Glück hatte Parkers Großvater Clay Townsend ebenfalls eine Schwäche für Pferde und schlug sich auf die Seite seines Enkels, wann immer Parker ihn brauchte. Es war Clay, der Foxy für Parker gekauft hatte, und zu Parkers sechzehntem Geburtstag hatte Clay ihm sein eigenes Auto mit Pferdeanhänger geschenkt, damit er mit Foxy zu Turnieren fahren konnte. Wäre es nach Brad und Lavinia gegangen, würde Parker jetzt ein Internat besuchen, weit weg von zu Hause und ohne jede Möglichkeit, zu reiten.

Sie verließen das Gestüt und ritten über feuchte, grüne Weiden zu einer Schaffarm hinter Whisperwood. Sterling schnaubte nervös die Herden weißer Schafe an, die rechts und links des Wegs auf den Wiesen grasten.

„Sei nicht albern, Mädchen", sagte Christina und drückte die Absätze in den Steigbügeln herunter, während sie sich tiefer in den Sattel setzte. „Sie sind diejenigen, die Angst haben müssten – du bist viel größer."

Doch es war schwer zu sagen, wer sich mehr fürchtete. Sobald die Schafe geschlossen lostrabten, weg von den Pferden, begann Sterling, seitwärts zu galoppieren, einmal mit dem Hinterteil in die eine, dann in die andere Richtung, um alle Schafe im Auge zu behalten.

„Zu wenig gearbeitet", bemerkte Parker lachend.

„Danke für den Tipp." Christina setzte sich noch tiefer in den Sattel und parierte Sterling wieder zum Schritt durch. Schweiß verdunkelte den grauen Hals der Stute. „Ich glaube, sie muss wirklich mehr raus", fügte Christina hinzu. Sie klopfte die Stute, um sie zu beruhigen. Wegen Stern hatte sie Sterling nicht so viel reiten können wie sonst. Nun zahlte sie den Preis dafür.

„Du musst sie mehr beschäftigen", pflichtete Parker ihr bei. „Wann ist dein erstes Vielseitigkeitsturnier?"

„Ich hab uns noch für keins genannt", gestand Christina.

Parker sah sie überrascht an. „Nicht mal für Stony Ridge nächsten Monat? Ich dachte, du kämst mit."

„Das hatte ich ja vor", sagte Christina. „Aber ich war so mit Stern beschäftigt, dass ich es vergessen habe."

„Dann muss ich dir wohl am Montag ein Meldeformular zum Ausfüllen in die Schule mitbringen, wenn Foxy und ich beim Stony-Ridge-Turnier nicht allein antreten wollen“, stichelte Parker und schüttelte den Kopf.

„Oh ja, machst du das?“, fragte Christina. „Das wäre echt furchtbar nett.“

Als sie die Zufahrt zur Schaffarm erreichten, wendeten sie ihre Pferde, um zurückzureiten. An einem Erdgeschossfenster des Gutshauses stand ein großer Hund auf den Hinterbeinen und knabberte an einem kaputten Fliegengitter. Das Tier ließ sich auf alle viere herab und trabte die Zufahrt runter, um die beiden Reiter zu begrüßen.

„Mäh.“

„Das ist gar kein Hund – das ist eine Ziege!“, bemerkte Christina erstaunt.

Foxy und Sterling blieben wie angewurzelt stehen und reckten die Nasen, um den Geruch der Ziege zu erschnuppern. Sterling hatte die Ohren nach vorn gestellt. Angst schien sie jedenfalls nicht zu haben.

„Ich glaube, Sterling mag Ziegen.“ Parker lachte. „Mein Reitlehrer in England hatte eine Ziege, um seinem blinden Jagdpferd Gesellschaft zu leisten. Das sind ganz schöne Unruhestifter, aber manche Pferde lieben sie.“

„Sterling stiftet schon selbst genug Unruhe“, entgegnete Christina. „Komm jetzt – ich muss zu Stern zurück.“

Nach ein paar Minuten bog Parker mit Foxy in den Weg nach Whisperwood ein, wo Foxy als Pensionspferd eingestellt war, während Christina Sterling zurück nach Whitebrook trabte. Als sie die am weitesten vom Hof entfernte Weide überquerte, hinter der großen Weide, auf der im Sommer die Stuten mit ihren Fohlen grasten, erblickte Christina plötzlich die rote Jacke ihrer Mutter. Aileen kniete auf dem Flecken frisch umgegrabener Erde: Wunders Grab. Christina wandte sich ab. Wie lange wird das noch so sein?, dachte sie traurig, während sie zum Stall ritt.

Sie beugte sich nach vorn, um Sterlings Hals zu umarmen, stieg dann ab und schob die Steigbügel hoch, bevor sie die Stute in den Stall führte. Ein Stück die Stallgasse hinunter hatte sich eine kleine Gruppe um Sterns Box versammelt. Christina ging schneller, und ein Kloß bildete sich in ihrem Hals, als sie den Mann erkannte, der bei Mike und Melanie stand. Es war Parkers Vater, Brad Townsend.

„Wirklich zu schade um die Stute", sagte Brad gerade zu Mike. „Sie war unersetzlich."

Christina nickte ihrem Vater mit ernster Miene zu, führte Sterling in ihre Box und nahm ihr mit zitternden Händen Sattel und Trense ab. Es konnte nur einen Grund geben, warum sich Brad Townsend Stern ansah.

Christina hatte die alte Abmachung ihrer Mutter mit den Townsends fast vergessen; ja, eigentlich hatte sie nie viel darüber nachgedacht. Jetzt bekam sie plötzlich eine nie geahnte Bedeutung. In einem Vertrag, der geschlossen worden war, als Wunder noch ein Fohlen war, hatte Clay Townsend Aileen die Hälfte von Wunder und all ihren Nachkommen übertragen. Die andere Hälfte gehörte den Townsends. Wollte Brad Townsend nun Anspruch auf Stern erheben?

Melanie huschte an Sterlings Box vorbei und flüsterte: „Ich muss weg." Sie verdrehte die Augen und zeigte mit dem Daumen auf Brad Townsends Hinterkopf, wie um zu sagen: Was für ein Idiot! Dann verschwand sie die Stallgasse hinunter.

Normalerweise hätte Christina jetzt ein Lachen unterdrücken müssen, doch sie war zu beunruhigt wegen Stern, als dass sie hätte lächeln können.

„Es ist ein Jammer", fuhr Brad fort. „Ich habe noch nie ein so kleines und scheues Vollblut gesehen. ‚Niete' steht ihm ja förmlich auf die Stirn geschrieben."

Christina warf ihre Striegel in die Kiste vor der Box. Sie kochte innerlich. Nachdem sie die Boxentür verriegelt hatte, ging sie auf ihren Vater und Brad Townsend zu.

„Stern ist keine Niete", sagte sie und starrte Brad Townsend finster an.

„Chris", warnte ihr Vater sie scharf.

Christinas Familie verdankte den Townsends viel, und sie wusste, dass es sich nicht gehörte, unhöflich zu ihnen zu sein. Doch sie konnte nicht anders. Auch wenn Aileen als Jugendliche auf Townsend Acres, dem Gestüt der Townsends, gelebt hatte, nachdem ihre Eltern ihr Gestüt Edgardale wegen eines Pferdevirus hatten aufgeben müssen, gab es trotzdem keinen Grund, sich von diesem Typen alles gefallen zu lassen. Jemand musste Stern verteidigen.

„Kein Problem, Mike", sagte Brad achselzuckend. „Ich bin froh, wenn sie sich um den Kleinen kümmert. Er kann es brauchen. Wer weiß – vielleicht wird er ja ein ganz nettes Hätschelpferdchen." Er streckte den Arm aus und schüttelte Mike die Hand. „Danke, dass du mir wegen Wunder Bescheid gesagt hast. Mein Vater ist noch in England, aber ich informiere ihn, sobald ich dazu komme. Richte Aileen bitte mein Beileid aus."

„Mach ich", erwiderte Mike. „Danke, Brad."

Als Brad endlich gegangen war, warf Christina einen Blick in Sterns Box.

„Hallo, Stern", rief sie und öffnete die Tür. Stern wieherte wie immer und stakste aus seiner Ecke heraus, um Christina zu begrüßen. So ungern sie es zugab: Brad lag mit seiner Einschätzung nicht ganz falsch – Stern war wirklich ein bisschen scheu. Doch er war erst neun Tage alt. Mit der Zeit würde Christina alles tun, um zu beweisen, dass Brad sich diesmal geirrt hatte.

„Dad?“ Sie drehte sich wieder zu Mike um. „Hilfst du mir, ihn rauszubringen?“

„Natürlich“, willigte Mike ein. „Ich gehe ein Halfter holen.“

Christina ließ den kleinen Hengst an dem alten, abgewetzten Fohlenhalfter schnuppern, bis er überzeugt war, dass es nicht biss. Dann rieb sie es sanft an seinem Kopf und seinem Hals entlang, wobei sie nicht aufhörte, beruhigend auf ihn einzureden.

„Siehst du, es ist bloß ein blödes Halfter“, sagte sie. „Gar nichts Schlimmes.“

Schließlich streifte Christina ihm den Nasenriemen übers Maul und zog das Halfter schnell über seine Ohren. Stern hob erschrocken den Kopf, doch das Halfter saß fest, und er konnte nichts mehr dagegen tun. Der kleine Hengst schüttelte den Kopf und gewöhnte sich dabei an das Gefühl von Leder auf seiner Haut.

„So. Ist doch gar nicht so schlimm, oder?“, fragte Christina. Sie hakte einen Führstrick an den Halfterring. Mike öffnete die Boxentür.

Zögernd spähte Stern durch den geöffneten Spalt. Christina zupfte sanft am Führstrick, während Mike in die Box trat und den Arm um die Hinterhand des Fohlens legte, damit es nicht rückwärts gehen konnte.

„Ist alles in Ordnung, mein Junge. Willst du denn nicht wissen, wie es da draußen aussieht?“, fragte Christina.

Doch Stern fürchtete sich.

„Na, komm“, ermunterte Mike ihn und schob ihn von hinten. „Jetzt geh schon.“

Schritt für Schritt bewegten sie sich an der Reihe von Boxen entlang, in denen die Zuchtstuten mit den Köpfen schlugen und ihnen neugierig hinterher sahen.

Als sie das breite Tor nach draußen erreichten, stemmte Stern die winzigen Vorderhufe in den Boden und blieb wie angewurzelt stehen. Mit starr aufgestellten Ohren lauschte er auf Gefahren und blähte die zarten Nüstern, um all die fremden Gerüche aufzunehmen.

„Lass ihn darüber nachdenken, bevor wir weitergehen", riet Mike ihr. Er lockerte den Griff um Sterns Hinterhand.

Christina streichelte den angespannten Hals des Fohlens. Sie spürte das Herz in seiner Brust hämmern. „Alles in Ordnung", sagte sie wieder.

Von links schallte Hufgeklapper herüber, als Jonnie eines der Rennpferde den Kiesweg von den Weiden herunterführte. Stern duckte sich und begann am ganzen Leib zu zittern, als sie sich näherten.

„Seht mal, wer hier ist", rief Jonnie fröhlich und führte das Pferd zu ihnen herüber. „Hey, meint ihr, Missy könnte eine Dusche vertragen?", fügte er hinzu und lachte leise über seine Untertreibung. Die Fuchsstute hatte sich gewälzt und war komplett mit getrocknetem Matsch überzogen. Als die Stute Stern erblickte, wieherte sie freundlich.

„Warte, Jonnie!", rief Mike. Doch es war zu spät. Stern hatte endgültig genug. Er wich hastig zurück, rutschte seitlich weg und wirbelte dann herum, wobei er Christina fast den Arm ausriss. Sie stolperte hinter ihm her, was den kleinen Hengst noch mehr in Panik versetzte. Als er zur Seite sprang, stieß er gegen einen Besen, der an der Wand lehnte, und warf ihn mit einem lauten Knall um. Stern erschrak, landete fast auf Christina und steckte den Kopf unter ihren Arm, als ob er sich dort vor der Welt verstecken wollte.

Sie schlang die Arme um seinen Hals. „Es ist alles gut, Stern. Alles ist gut“, sagte sie. Doch sie hatte nicht das Gefühl, dass irgendetwas gut war.

„Bringen wir ihn wieder in seine Box“, sagte Mike. „Ich glaube, das reicht für heute.“

Gemeinsam führten sie den kleinen Hengst zurück in den Stall. Diesmal war es einfacher, denn Stern konnte es kaum erwarten, wieder in seiner vertrauten Box zu sein.

Christina schnallte das Halfter los und strich über die Stelle, an der der Nasenriemen das Fell flach gedrückt hatte. Stern schmiegte sich an sie und seufzte. Er schien erleichtert, wieder in Sicherheit zu sein.

Ach, Stern. Was sollen wir nur mit dir machen?, dachte Christina verzweifelt. Was fing man mit einem Pferd an, das sich vor anderen Pferden fürchtete?

„Was dieser Hengst braucht, ist ein Freund“, dachte Mike laut, während er Stern betrachtete.

„Aber er hat doch mich“, wandte Christina ein. Sie hatte es satt, alle über Stern reden zu hören, als bestünde er nur aus Problemen, die kaum zu lösen waren.

„Ich meine ein anderes Tier – um ihn aus seinem Schneckenhaus zu locken.“

Christina streichelte Sterns weiches Maul und wartete darauf, dass ihr Vater jetzt irgendeine brillante Lösung für alle Probleme des Fohlens vorschlug. Sie war zu müde, um sich noch etwas einfallen zu lassen. Doch dann kam ihr plötzlich eine Idee.

„Wie wäre es mit einer Ziege?“, wollte sie wissen.

Mike zuckte die Schultern. „Könnte einen Versuch wert sein.“

# Kapitel 8

Am Freitag nach der Schule holte Parker Christina mit seinem Pick-up ab, um sie zur Schaffarm zu fahren.

Mrs. Devon, der die Farm gehörte, ließ sich schnell von Sterns Schicksal erweichen. „Ich könnte euch Nana über den Sommer ausleihen, wenn ihr meint, dass das helfen würde."

Parker und Christina sahen einander an.

„Nana?", fragte Christina neugierig.

Auf Mrs. Devons rundem Gesicht breitete sich ein Lächeln aus. „Da ist sie ja."

Die große schwarz-weiße Ziege kam mit langen, wippenden Ohren um die Ecke getrabt, einen Hundenapf im Maul. Ein Jack-Russell-Terrier klebte laut bellend an ihren Fersen.

„Nana hat nur Unsinn im Kopf", sagte Mrs. Devon, nachdem sie der Ziege den Plastiknapf aus dem Maul gewunden hatte. „Wisst ihr, ich glaube, sie langweilt sich, seit mein Mann gestorben ist und die Enkel die Pferde übernommen haben. So wie sie den Hund in letzter Zeit quält, könnte sie bestimmt ein bisschen Abwechslung vertragen."

„Also war sie mit Pferden zusammen?", fragte Christina.

„Oh, aber ja! Sie war die Chefin der Herde. Sie hat sogar bestimmt, welches Pferd zur Fütterungszeit als Erstes durchs Tor gehen durfte. Und sie hat immer dafür gesorgt, dass das alte Pony auch genug vom Heu auf der Weide abbekam. Sie hat ihren eigenen Kopf."

Christina sah lächelnd zu, wie Nana die Schnürsenkel der Frau löste. Vielleicht würde die Ziege in der Lage sein, auch Stern beizubringen, wie man spielte und sich über das Leben freuen konnte.

„Verschwinde, du Quälgeist. Ksch!“, zischte Mrs. Devon, doch sie lächelte dabei.

„Können wir sie jetzt gleich mitnehmen?“, wagte sich Christina vor.

„Je eher, desto besser!“, rief Mrs. Devon ihr zu, während sie hinter der Ziege herlief, um das Handtuch zu retten, das Nana von der Wäscheleine gerissen hatte.

Parker zog die Augenbrauen hoch. „Und du meinst wirklich, deiner Mutter ist das recht?“

Christina dachte an ihre Mutter, die in letzter Zeit so still und abwesend war. Christina verbrachte ihre gesamte Freizeit mit Stern, und Aileen hatte den kleinen Hengst kaum angesehen. Dann dachte Christina an Stern, wie er allein in der Ecke seiner großen Box kauerte.

„Sie hat keine Wahl“, antwortete sie. „Außerdem war es Dads Idee. Irgendwie.“

Parker zog die Ziege am Führstrick, während Christina auf der Ladefläche des Pick-ups stand und mit einer Möhre winkte. Nach einem Augenblick sprang Nana hinauf, um die Möhre zu fressen.

„Ziegen mögen die Höhe. Sie sehen sich die Dinge gern von oben an“, erklärte Mrs. Devon. „Ich denke, das hängt mit ihren Instinkten zusammen. Ihr wisst ja, dass wilde Ziegen möglichst hoch auf Felsen klettern, damit sie ihre Feinde sehen können, nicht?“

Christinas Wissen über Ziegen beschränkte sich auf das, woran sie sich aus ihrer Lektüre von Heidi erinnerte. „Sie springt aber nicht während der Fahrt raus, oder?“

Mrs. Devon war unbesorgt. „Liebe Güte, nein. So dumm ist sie nicht. Die alte Nana ist immer auf der Ladefläche mitgefahren, wenn mein Mann zur Post musste. Die Postbeamtin, die Gute, hatte immer eine Mohrrübe für sie. Fahrt nur nicht zu schnell, dann wird alles gut gehen."

Dennoch fuhr Christina die ganze Rückfahrt über mit dem Gesicht nach hinten gewandt und hielt Nanas Führstrick durch das rückwärtige Schiebefenster der Fahrerkabine fest. Zuerst steckte Nana den Kopf durch die Öffnung und schmachtete Christina an, bis sie ihr die letzte Möhre aus der Tasche gezogen hatte. Dann ließ sich die Ziege auf der Ladefläche nieder, und betrachtete die vorüberziehenden Gehöfte wie ein Tourist aus einem Sightseeing-Bus. Als sie auf Whitebrook ankamen, tat Christina der Bauch weh, so viel hatte sie gelacht. Etwas sagte ihr, dass es mit Nana zumindest nicht langweilig werden würde.

„Das ist nicht euer Ernst", sagte Kevin, als Parker den Pick-up vor dem Stall der Stuten und Fohlen anhielt. „Wissen Aileen und Mike davon?"

„Dad ja", antwortete Christina und sprang mit einem Satz aus dem Wagen.

Melanie kam neugierig aus dem Stall gelaufen. „Ihr habt ein Lama mitgebracht?"

„Das ist eine Ziege, du Stadtkind", spöttelte Christina.

„Ich dachte, Ziegen hätten Hörner", verteidigte Melanie sich beleidigt. Sie reckte sich hinauf, um Nana hinter den Ohren zu kraulen. „Sie ist süß."

„Süß? Die ist ein echter Kracher", entgegnete Kevin. Als er die Ziege streicheln wollte, stieß sie seinen Arm weg. „Ho", machte er und sprang zurück. „Ein Glück, dass sie keine Hörner hat."

Parker verzog das Gesicht, als er den Ziegenmist sah, der sich auf der Ladefläche seines Pick-ups angesammelt hatte. „Holen wir sie besser schnell da runter, bevor sie noch mehr Unheil anrichtet.“

Doch Nana wollte nicht vom Pick-up herunter. Sie ignorierte Christinas Rupfen am Strick und senkte drohend den Kopf, als Kevin und Parker auf die Ladefläche stiegen, um sie hinunterzuschieben.

Als sich Christina zu fragen begann, ob die Ziege ihnen vielleicht mehr Ärger bereiten würde, als sie nützlich sein konnte, wackelte Nana plötzlich mit dem Schwanz und sprang leichtfüßig von der Rampe. Leise meckernd trabte sie entschlossenen Schrittes zu Melanie.

„Ich bin vielleicht ein Stadtkind“, bemerkte Melanie. Sie hielt einen Futtereimer in der Hand, in den Nana gierig ihren Kopf tauchte. „Aber ich bin nicht blöd.“

Mithilfe des Futters lockte Melanie Nana in den Stall, während Christina zu Sterns Box vorauslief. Der kleine Hengst döste in der Ecke, doch er stand auf und schüttelte sich, als sie hereinkam.

„Hallo, Stern. Ich habe dir jemanden mitgebracht“, sagte Christina zu ihm.

Sie kniete sich neben ihn und legte einen Arm um seine Hinterhand und den anderen um seine Brust, damit er nicht ausriss, wenn er die Ziege sah. „Okay. Bringt sie rein!“, rief sie ihren Freunden zu.

Stern riss den Kopf hoch, als Kevin die Tür öffnete und Parker und Melanie Nana hineinscheuchten. Christina spürte das Herz des Kleinen in seiner Brust schlagen, während er vor Schreck grunzte und sich in ihren Armen wand.

„Mäh“, machte Nana, ohne Stern zu beachten, und trabte zu seinem Wassereimer hinüber. Sie steckte die Nase hinein, zog sie tropfend wieder heraus und wackelte auf eine komische Art mit den Lippen. *Mäh.* Sie stellte die Vorderfüße auf den Rand der Heuraufe, die in der Ecke angebracht war. Dann sprang sie mit einem Satz hinauf und legte sich hinein. Christina lachte, während die Ziege sie von ihrem Hochsitz aus beobachtete.

„Stern, das ist Nana. Nana, das ist Stern“, sagte Melanie kichernd.

Stern schien das Ganze nicht so lustig zu finden.

„Lass ihn los. Mal sehen, was passiert“, schlug Kevin vor.

Christina streichelte Sterns Hals, bevor sie die Arme sinken ließ und zurücktrat. Die Augen des Hengstes weiteten sich, und er drückte sich eng an ihre Beine.

„Er will nicht von mir weg“, sagte Christina, doch sie fühlte sich auch ein wenig geschmeichelt von der innigen Zuneigung des Fohlens.

„Dann komm raus“, meinte Parker. „Gib ihnen etwas Freiraum, um sich kennenzulernen.“

Stern folgte Christina im Seitwärtsgang zur Tür, ohne Nana aus den Augen zu lassen, die immer noch auf der Raufe lag.

„Mäh.“ Die beiden Säckchen, die wie winzige Hasenfüße unter Nanas Kinn hingen, wackelten hin und her, als sie den Kopf schüttelte. Gebieterisch blickte sie zu ihnen hinab. Sie sah aus wie eine Königin auf ihrem Thron.

„Sie tut dir nichts, mein Kleiner.“ Christina küsste Stern auf die samtene Nase, bevor sie rückwärts zur Tür hinausschlüpfte. Sie stieß geradewegs mit ihrem Vater zusammen.

„Du hast tatsächlich Ernst gemacht“, staunte Mike. Er sah auf Stern hinab, der sich zitternd gegen die Tür drückte. „Er sieht aber nicht sehr glücklich aus.“

„Sie werden sich schon anfreunden“, sagte Christina zuversichtlich. „Ihre Besitzerin sagt, dass Nana Pferde sehr liebt.“

Mike schüttelte lächelnd den Kopf, als könnte er seinen Augen nicht trauen. „Eins muss man dir lassen: Du gibst nicht auf. Aber jetzt hast du ein Maul mehr zu stopfen ...“

„Keine Sorge“, unterbrach Christina ihn. „Wir kümmern uns um sie. Nicht wahr?“, fügte sie hinzu und sah nervös zu ihren Freunden.

Melanie, Kevin und Parker nickten alle zustimmend.

„Na gut.“ Mike seufzte. „Aber ich habe deine Mutter nicht vorgewarnt. Wir haben nicht mal Hunde – ich weiß nicht, wie sie da auf eine Ziege reagiert.“

„Keine Sorge, Dad. Ich sag es ihr.“

Christina war froh, dass Nana wartete, bis ihr Vater gegangen war, bevor sie die Nase durch die Stäbe steckte und einen Führstrick anknabberte.

„Seht euch Stern an“, bemerkte Melanie. „Er glaubt, Nana hat was Leckeres gefunden.“

Und tatsächlich: Der kleine Hengst hatte sich näher an die Ziege herangewagt und schnupperte aufgeregt.

Christina grinste. Sie war sicher, dass die beiden im Handumdrehen Freundschaft schließen würden. Sie ließ Stern und Nana mit ihren Freunden allein und ging los, um ihre Mutter zu suchen.

Aileen sah gerade zu, wie Naomi und Melanie versuchten, Gomer zu bändigen, einen zweijährigen Hengst, der seinen eigenen Kopf hatte. Er war kein einfaches Pferd. Gomer konnte in einem Augenblick brav wie ein Lamm sein und sich im nächsten steil auf die Hinterbeine stellen. Naomi war fast so weit gewesen, das Handtuch zu werfen, da ihr der launische Zweijährige einfach zu unberechenbar war. Ja, sie hatte sogar empfohlen, ihn zur Auktion zu geben. Doch Melanie glaubte fest daran, dass Gomer das Zeug zu einem großen Rennpferd hatte. Sie hatte Aileen und Mike überredet, Gomer erst ein paar Maidenrennen gehen zu lassen, bevor sie eine Entscheidung trafen. Christina wusste nicht, ob sie dem Hengst so wohlgesonnen wäre, wenn er sie so oft abgeworfen hätte, wie er Melanie abgeworfen hatte, doch sie bewunderte ihre Cousine für ihre Hartnäckigkeit.

Aileen hatte einen Fuß auf die untere Zaunlatte gestellt, während sie zusah.

„Longier ihn lieber zuerst ab", rief sie Naomi zu. „Dann kann er sich etwas ausbuckeln, bevor sich Melanie draufsetzt." Jedes junge Pferd auf Whitebrook wurde an der Longe ausgebildet: Es lernte, auf Kommando Schritt zu gehen, zu traben und zu galoppieren.

„Mom?", rief Christina. „Parker und ich haben eine Ziege mitgebracht. Sie soll Stern Gesellschaft leisten. Zuerst hatte er etwas Angst, aber ich glaube, er wird sie mögen ..."

„Gut", schnitt Aileen Christina das Wort ab. Ihre Mutter drehte den Kopf weg, doch Christina konnte noch erkennen, wie sich ihr Unterkiefer anspannte.

„Ich hole die Longe", rief Aileen Melanie zu.

Gut? Das ist alles?, dachte Christina, als Aileen in Richtung Stall davonging. Ach, was soll's. Wenigstens hat sie nicht gesagt, dass Nana wieder wegmuss.

Als Christina am Abend mit der Stallarbeit fertig war, fraßen Stern und Nana Seite an Seite Heu. Stern hatte noch nicht genügend Zähne, um dabei viel mehr zu tun, als das Heu in der ganzen Box zu verteilen, doch er sah entspannt und zufrieden aus.

Als Christina hineinging, um den Wassereimer aufzufüllen, stieß Nana verspielt mit dem Kopf gegen ihr Bein und meckerte dunkel.

Stern blickte auf, die Ohren gespitzt. Er schien sich nicht mehr vor Nana zu fürchten, doch sein Interesse beschränkte sich darauf, die Ziege zu beobachten, statt mit ihr zu spielen. Christina hoffte, dass Nanas lebhaftes Temperament bald ein bisschen auf den kleinen Hengst abfärbte.

Christina hörte Schritte auf der Stallgasse, die vor der Box verstummten. Als sie aufblickte, stand ihre Mutter in der Boxentür. Es war das erste Mal, dass Aileen in die Nähe von Sterns Box kam.

„Stern mag sie, Mom“, sagte Christina begeistert. „Wie ich gesagt habe: Zuerst hatte er ein bisschen Angst vor ihr, aber ich glaube, es wird wunderbar funktionieren.“

Aileens Blick huschte über Stern hinweg, bevor er an Nana hängen blieb.

„Miste aber immer gut aus. Ich will nicht, dass der Stall anfängt, nach Vieh zu riechen“, sagte sie.

Bevor Christina auch nur antworten konnte, verzog sich Aileen in die Futterkammer und begann, mit Jonnie über die Zuchtstuten zu sprechen.

Vier der Stuten sollten noch in dieser Woche fohlen, daher verstand Christina, warum ihre Mutter so angespannt war, besonders nach der qualvollen Erfahrung mit Wunder. Trotzdem fragte sich Christina, wieso Aileen nie Zeit zu haben schien, über Stern zu reden.

Am Ende der Woche hatte sich Nana mit ganz Whitebrook bestens angefreundet. Sogar George Ballard, der sonst so ruppige Stallmeister der Hengste, kam herüber, um sich den tierischen Neuzugang anzusehen, um den auf dem Gestüt die ganze Zeit so viel Wirbel gemacht wurde.

„Ich hatte auch mal eine Ziege“, verriet er und zeigte ein Lächeln, während er Nanas Hals kraulte. Die Ziege stand mit den Vorderhufen auf der Boxentür, sodass sie die Stallgasse überblicken konnte. „Hab sie immer vor einen kleinen Wagen gespannt.“ George musterte Stern, der sich im Hintergrund hielt. „Sieht nett aus, der Hengst. Zu schade, dass er eine Waise ist.“

Christina sträubten sich die Nackenhaare. „Stern wird einmal ein genauso tolles Pferd sein wie Wunder“, sagte sie trotzig.

Der Stallmeister hob die Brauen, doch er sagte nichts mehr.

# Kapitel 9

Als Christina und Melanie am folgenden Montag aus der Schule nach Hause kamen, hatte sich die Begeisterung von Whitebrooks Belegschaft für Nana bereits etwas gelegt.

„Könnt ihr nicht irgendwas mit dieser blöden Ziege machen? Das Gemecker macht uns noch alle wahnsinnig!“, sagte Jonnie gereizt.

Melanie sah Christina an, und sie konnten sich gerade noch beherrschen, nicht laut loszulachen. Das waren die deutlichsten Worte, die sie je aus dem Mund des sonst so unerschütterlichen Pflegers gehört hatten.

„Es tut mir leid“, antwortete Christina. „Sie hat es wahrscheinlich satt, in der Box eingesperrt zu sein. Sobald wir uns umgezogen haben, bringen wir die beiden für eine Weile raus.“

„Wir versuchen, sie rauszubringen, meinst du“, sagte Melanie. „Stern wird langsam ein bisschen zu groß, um ihn zu tragen.“ Melanie hatte alles über Mikes und Christinas Versuch, Stern aus dem Stall zu bewegen, gehört. Doch Christina hoffte, dass er mit Nana an seiner Seite mutiger sein würde.

Nachdem Christina und Melanie ihre Schulklamotten gegen Jeans und Stallschuhe eingetauscht hatten, eilten sie zum Stall zurück, die Taschen voller Möhren.

„Falls bei Nana die Liebe wieder durch den Magen geht“, scherzte Melanie.

Stern senkte sein kleines Maul bereitwillig durch den ledernen Nasenriemen des winzigen Halfters.

„Braver Junge“, lobte Christina.

Sie machte das Halfter zu und der Hengst schmiegte den Kopf an ihren Pullover. Christina kraulte ihn an seiner Lieblingsstelle hinter den Ohren. Stern schloss die Augen und grunzte zufrieden. Unwillkürlich begann Christina, davon zu träumen, wie es wäre, Stern für immer zu behalten, ihn selbst zu reiten, ihn Schritt für Schritt in Dressur, Gelände und Springen auszubilden. Und dann, eines Tages ... die Olympischen Spiele!

„Mäh“, machte Nana und holte Christina in die Realität zurück. Die Ziege rammte den Kopf gegen ihre Hüfte und blickte zu ihr auf, wohl um sie zur Eile anzutreiben.

„Ist ja gut“, sagte Christina und hakte einen Führstrick in den Ring an Sterns Halfter. „Ich muss nur erst ein bisschen üben, Stern in der Box zu führen.“

Nana legte den Kopf schief, trottete dann zur Tür hinüber und stieg mit den Vorderfüßen daran hoch.

„Runter!“, kommandierte Melanie von der Stallgasse. „Ksch! Ich muss da rein.“

Während Melanie versuchte, Nana von der Tür zu verscheuchen, übte Christina mit Stern das Führen in der Box. Sie fasste mit einer Hand den Führstrick dicht unter seinem Kinn und legte die andere an seine Hinterhand, damit sie ihn etwas anschieben konnte, falls er stehen blieb. Das Fohlen ließ sich bereitwillig führen, und als sie mit ihm zweimal erfolgreich seine Box umrundet hatte, hielt Christina ihn an.

„Bist du so weit?“, fragte sie Melanie und holte tief Luft. „Dann mal los.“

Melanie hakte einen Führstrick an Nanas rotes Lederhalsband. „Ich hoffe, Ziegen können bei Fuß gehen.“

Als Melanie den Riegel zurückschob und die Boxentür öffnete, zog Nana geschickt eine Möhre aus der Gesäßtasche ihrer Jeans.

„He!“, schimpfte Melanie und wirbelte herum. Doch Nana, die geklaute Möhre zwischen den Zähnen wie eine orangefarbene Zigarre, stürmte zur geöffneten Tür hinaus und schleifte Melanie hinter sich her.

„Halt!“, rief Melanie, doch die große Ziege wog fast so viel wie sie selbst, und Nana hatte es zu eilig, nach draußen zu kommen. „Hat das Vieh keine Bremse?“, schrie Melanie über die Schulter zurück, während sie geradewegs zur Stalltür hinausgezerrt wurde.

Christina hörte abrupt auf zu lachen, als sie merkte, wie sich Stern verspannte. Er wieherte nervös nach seiner Gefährtin, und bevor Christina ihn zurückhalten konnte, schoss er aus der Box hinaus. Sie musste ihre ganze Kraft einsetzen, damit der kleine Hengst nicht einfach davonrannte. Stern drehte den Kopf aufgeregt hin und her, als er hinaus in die helle Märzsonne trat.

„Alles in Ordnung. Da drüben ist sie“, sagte Christina. Sie lehnte sich gegen Stern, um ihn nach rechts zu dirigieren.

Melanie führte Nana auf die kleine Weide hinter dem Stall.

„Geh weiter“, rief Christina ihr zu. „Wir sind hinter dir.“

„Hab ich eine Wahl?“, hörte sie ihre Cousine rufen.

Als Nana und Stern sicher auf der Koppel waren, stellten sich die beiden Mädchen an den Zaun, um ihnen zuzusehen. Christina fühlte sich, als sei ihr eine Riesenlast von den Schultern genommen. Stern trug den Kopf hoch und schwenkte seinen strubbeligen Schweif wie eine Fahne, während er um Nana herumtänzelte. Kaum zu glauben, dass dies dasselbe verängstigte kleine Fohlen war, das sich vor wenigen Tagen gegen die Bretterwand seiner Box gedrückt und so ausgesehen hatte, als würde es sich am liebsten unsichtbar machen.

„Etwas sagt mir, dass Nana genau das ist, was Stern gebraucht hat“, bemerkte Melanie.

Hoffentlich behält sie Recht, dachte Christina bei sich und lächelte, während sie zusah, wie Stern den Hals streckte, um am ersten Frühlingsgras zu schnuppern.

Bald hatte sich ein regelmäßiger, entspannter Tagesablauf etabliert. Jeden Morgen striegelte Christina Nana und Stern und brachte sie vor der Schule auf eine der Weiden. Die Zuchtstuten hatten jetzt alle winzige Fohlen an ihrer Seite, also war es das Beste, wenn tagsüber im Stall Ruhe herrschte.

Wenn sie nachmittags nach Hause kam, kletterte Christina auf den Zaun der Koppel und sah dem kleinen Hengst zu, wie er mit der Ziege tobte und spielte. Obwohl sie es gern gewollt hätte, schaffte Christina es immer noch nicht oft, mit Sterling auszureiten oder auf Whisperwood Reitstunden zu nehmen. Aber zu sehen, wie Stern langsam aufblühte, war es allemal wert.

Nana und Stern gaben ein komisches Paar ab. Das langbeinige Fohlen überragte seine Adoptivmutter bereits jetzt, doch es war keine Frage, wer das Sagen hatte. Wenn der kleine Hengst zu nah bei der Ziege buckelte und die Hinterbeine hochwarf, musste Nana bloß einmal den Kopf in Sterns Richtung senken, damit er die Augen niederschlug und sich ein paar Meter davontrollte.

Christina musste immer wieder lachen, wenn er seine Vorderbeine spreizte, um mit seinem kurzen Hals das Gras zu erreichen. Sie hatte angefangen, die Flaschenmilch mit Milchpellets und Fohlenfutter zu ergänzen, und Stern wurde zusehends größer und kräftiger.

Eines Nachmittags hörte Christina Stern schon beim Aussteigen aus dem Schulbus lauthals wiehern. Als sie das Fohlen erblickte, trabte es aufgeregt am Zaun auf und ab. Den Kopf hochgereckt und die Nüstern gebläht, rief es nach Nana. Doch die Ziege war nirgends zu sehen.

„Oh je." Christina rannte ohne auf Melanie zu warten die Auffahrt entlang. Sie erreichte die Koppel im selben Moment wie Jonnie.

„Das ist das dritte Mal heute, dass die Ziege rausgesprungen ist", sagte er, während er versuchte, das Halfter des Fohlens zu fassen zu bekommen.

Der Hengst duckte sich weg und trabte in die Ecke der Weide, bevor er herumwirbelte und zurückkam.

„Hält sich für die Bergkönigin", fügte Jonnie hinzu.

Christina folgte seinem finsteren Blick und lachte, als sie Nana sah, die das Treiben aus einiger Entfernung verfolgte. Die Ziege hockte hoch oben auf der Aufstieghilfe außerhalb der Weide.

„Ich hole sie", sagte sie und ließ ihren Rucksack auf den Boden fallen.

Jonnie zuckte die Achseln. „Sie springt eh wieder raus. Jetzt, da sie weiß, dass sie es kann."

„Mäh." Nana hüpfte von dem Podest und kam Christina auf halbem Weg entgegen.

„Böses Mädchen", schimpfte Christina, wobei sie die Ziege unterm Kinn kraulte. „Du solltest dich wirklich schämen, Stern so allein zu lassen."

Nana folgte Christina anstandslos durch das Tor, und

Stern trabte sofort zu ihr. Mit einem merkwürdigen, grollenden Laut begrüßte er seine Freundin.

„Ich weiß nicht, Chris“, rief Melanie vom Zaun herüber. „Stern fängt schon an, sich wie eine Ziege anzuhören.“

„Unsinn. Er freut sich bloß, wieder mit seiner Freundin Nana zusammen zu sein. Nicht wahr, mein Junge?“, gurrte Christina und streichelte seinen Hals. Sein Fell war von der Sonne ganz warm, und unter der flauschigen Oberfläche glänzte es kupferfarben im Licht. „Sieh nur“, sagte sie und deutete auf seinen Rücken. „Sein Fell kommt jetzt durch. Ich hatte Recht: Er wird ein Fuchs, genau wie Wunder.“

„Und vielleicht gewinnt er auch das Kentucky Derby“, fügte Melanie mit einem Funkeln in den Augen hinzu. „Hey, dann könnte ich der Siegerjockey sein!“

Christina schwieg, während sie zusah, wie Stern um Nana herumsprang. Sie betrachtete den Kleinen bereits als ihr Pferd. Und warum auch nicht? Whitebrook hatte genügend andere Fohlen, die sie zu Rennpferden machen konnten, und ohnehin schien sich niemand sonderlich für Stern zu interessieren.

Christina konnte den Townsends ihren Anteil an dem Hengst nicht abkaufen, doch vielleicht wäre Brad Townsend bereit, Stern zum Vielseitigkeitspferd ausbilden zu lassen, da er sich sowieso nicht viel von ihm versprach. Und wenn Christina und Stern es zu den Olympischen Spielen schafften, würden am Ende beide Gestüte von ihrem Ruhm profitieren.

„Und auf ein Neues“, sagte Melanie.

Christina stöhnte, als sie aus den Augenwinkeln etwas Schwarz-Weißes aufblitzen sah. Nana landete leichtfüßig im Gras auf der anderen Seite des Weidezauns und trabte zur Aufstieghilfe hinüber.

„Sie benimmt sich, als wäre das ihr Thron“, stellte Melanie verwundert fest.

Christina lachte. „Ich glaube, wir müssen Ihrer Majestät etwas innerhalb des Zauns anbieten.“

Auf dem Dachboden fanden sie einen alten Tisch, schleppten ihn hinaus auf die Koppel und warteten, bis Nana hinaufsprang und sich auf der Tischplatte niederließ. Ihre Vorderhufe baumelten über die Tischkante hinab, und sie sah entspannt und zufrieden aus. Mittlerweile blieb Christina nur noch ein kleiner Rest des Nachmittags, um zu reiten.

„Ich muss jetzt Sterling reiten“, sagte Christina. „Wir haben in zwei Wochen Turnier, und ich kenne noch nicht mal meine Dressuraufgabe!“

„Ich bringe Stern und Nana nachher rein, Chris“, bot Melanie an.

„Danke“, sagte Christina erleichtert und lief zum Stall. Sie schnappte sich einen Eimer mit Putzsachen aus der Sattelkammer und führte Sterling dann auf die Stallgasse hinaus, um sie dort anzubinden.

„Tut mir leid, mein Mädchen“, sagte Christina, während sie mit einer Wurzelbürste eilig den Schmutz von Sterlings schwarzen Beinen entfernte.

„Morgen bekommst du ein Schaumbad, versprochen.“ Sie warf eine gesteppte Satteldecke über Sterlings Rücken und schob dann den Sattel in die richtige Lage hinter dem Widerrist. Als Christina unter Sterlings Bauch hindurchgriff, um den Sattelgurt zu fassen, stampfte die Stute ungeduldig mit dem Huf.

„Ich weiß“, sagte Christina. Sie legte die Hand an Sterlings geäpfelte Schulter, bevor sie den Gurt festzog. „Du magst es nicht, dass ich so viel Zeit mit Stern verbringe, nicht wahr?“ Man kann nicht gerade sagen, dass ich Sterling vernachlässige, dachte Christina. Sie hatte nur nicht mehr ganz so viel Zeit, die Stute zu verhätscheln, wie es das Tier gewohnt war.

„Ich sag dir was.“ Sie hielt inne, um Sterlings samtenes Maul zu küssen, bevor sie ihr das Halfter abstreifte. „Wenn wir unsere Dressuraufgabe ein bisschen geübt haben, reiten wir aus. Okay?“

Sterling reckte die Nase in die Luft und stülpte die Oberlippe zurück.

Christina lachte. „Heißt das Ja?“

Auf der hinteren Weide ritten sie die Dressuraufgabe einmal komplett durch. Wieder und wieder umkreisten und durchquerten sie das gedachte Viereck, bis Christina bei X hielt und den unsichtbaren Richter grüßte.

Dann ließ sie die Zügel lang und ritt Sterling im Schritt auf den Reitweg, der ins Gelände führte. Sie konnte sich heute einfach nicht auf die Dressurarbeit konzentrieren.

„Wir haben noch einiges an Arbeit vor uns, wenn wir für Stony Ridge fit sein wollen“, sagte sie und beugte sich nach vorn, um einen Strohhalm aus Sterlings Mähne zu zupfen, während sie gemütlich dahinritten. Das Turnier war einfach schon zu bald.

„Von jetzt an“, nahm sich Christina vor, die Zügel zum Trab aufnehmend, „steht das Reiten ganz oben auf dem Programm. Morgen früh schleppe ich als Erstes die Hindernisse aus dem Schuppen und baue unseren Parcours wieder auf, damit wir nicht jedes Mal nach Whisperwood reiten müssen, um zu springen.“

Sie schwebten über den federnden Boden dahin, und Sterling warf die Vorderbeine weit nach vorn, als würde sie im Dressurviereck die Tritte verlängern.

Sobald Christina nur daran dachte, das Tempo zu erhöhen, galoppierte Sterling auch schon an, als hätte sie ihre Gedanken gelesen. Christina drückte die Absätze tiefer nach unten und schloss die Beine fest um Sterlings kraftvolle Flanken. Sie genoss es, wie ihr der warme Wind um die Nase wehte.

Dies war ihre Welt; hier gehörte sie hin. Es war einfach großartig, eins zu sein mit einem galoppierenden Pferd unter sich. Und eines Tages, sagte sie sich, würde sie diese Einheit auch mit Stern erleben.

# Kapitel 10

Mit jedem Tag wurde Stern kräftiger und selbstbewusster. Der Hengst brauchte jetzt keine Flasche mehr, und als die Tage länger wurden, konnte Christina auch Sterling und der Reiterei wieder mehr Zeit widmen.

Am Morgen vor dem Turnier auf Stony Ridge wachte Christina vom Vogelgezwitscher auf. Sie konnte es kaum erwarten, den Tag zu beginnen. Doch als sie die Tür zum Stutenstall aufschob, wünschte sie sich fast, sie wäre im Bett geblieben. Ihre gute Laune war wie weggeblasen.

Die Stallgasse, die am Abend zuvor ordentlich gefegt worden war, war jetzt knöcheltief mit Sachen übersät. Pferdedecken, Bandagen, Halfter und Führstricke waren überall verstreut, als hätte sie ein Tornado von ihren Haken an den Boxen gerissen und in der Luft durcheinandergewirbelt, bevor er weitergezogen war. Und mitten in dem Chaos, mit großen Augen und gespitzten Ohren, standen Nana und Stern. Wie sind sie bloß aus der Box rausgekommen?, fragte sich Christina besorgt.

„Ihr zwei seid unmöglich“, schimpfte sie. Doch obwohl sie sich ärgerte, wurde Christina nicht laut. Schließlich wollte sie den beiden keine Angst einjagen. Als sie die Tür hinter sich zugeschoben hatte und sich wieder umdrehte, um auf die beiden zuzugehen, rutschte sie mit einem Fuß aus. Sie fing sich gerade noch und schnitt eine Grimasse, als sie den zerrissenen Pferdekalender sah, auf den sie soeben getreten war. Entweder Stern oder Nana hatten es fertiggebracht, sämtliche Papiere herunterzureißen, die normalerweise am Schwarzen Brett neben der Futterkammer hingen. Das hieß, sie musste jede blöde Heftzwecke finden, bevor jemand mit dem Fuß oder Huf hineintrat. Zum Glück war die Tür zur Futterkammer noch verschlossen. Christina wurde ganz anders bei dem Gedanken, was sie wohl vorgefunden hätte, wenn die Tiere hineingelangt wären und sich überfressen hätten.

Als sie gerade den Riegel der Boxentür untersuchte, hörte sie hinter sich die Stalltür aufrollen. Sie drehte sich um und sah erleichtert, dass ihre Cousine dort stand, und nicht ihre Mutter oder ihr Vater.

Melanie pfiff durch die Zähne. „War das Nana?"

Christina seufzte. „Mit ein bisschen Hilfe von Stern." Der kleine Hengst hatte den Kopf zur Seite gedreht und versuchte mit wackelnder Oberlippe, die Kordel an ihrem Kapuzensweatshirt zu fassen zu kriegen. Christina trat zurück, nahm sein Maul in die Hände und gab ihm einen Kuss auf seinen weißen Stern.

„Schnell, Mel, wir müssen die beiden in die Box packen und das Chaos hier aufräumen, bevor Mom es sieht", sagte sie und legte Stern das Halfter an. Vor Wunders Tod hätte ihre Mutter über so etwas gelacht, doch im Moment war sich Christina da nicht so sicher.

„Wir?" Melanie hob zweifelnd die Augenbrauen.

„Du hast was gut bei mir", versprach Christina und fischte ein paar Halfter aus dem Wirrwarr.

Als sie den Boden wieder aufgeräumt hatten und gerade dabei waren, die letzte Bandage aufzurollen, hörte Christina ein Klicken. Sie blickte auf und sah gerade noch, wie Nana mit der Nase den Riegel an der Boxentür aufruckelte.

„Oh, nein, das machst du nicht“, sagte sie und sprang zur Tür. So sind sie also rausgekommen, dachte sie. Sie kannte den Trick. Ihre Eltern mussten an den Boxen der Pferde, die auszubrechen gelernt hatten, die ulkigsten ausbruchsicheren Vorrichtungen anbringen.

Christina klemmte einfach ein kleines Stück Holz in den Riegel, sodass den beiden Kindsköpfen das Ausreißen erst mal unmöglich war.

Nana schüttelte den Kopf, sprang an der Tür hoch und begann sofort, an dem Riegel zu knabbern, aber er ging nicht auf. Die Ziege machte ihrem Ruf als Unruhestifterin alle Ehre, doch sie tat Stern so gut, dass Christina ihre Streiche wohl noch eine Weile würde erdulden müssen.

„Halt jetzt mal still, ja?“, sagte Christina. Sie stand auf einem Hocker auf der Stallgasse und versuchte, Sterlings glatte Mähne zu fassen zu bekommen. Sie wusste, sie hätte sie nicht mit Shampoo waschen dürfen, denn sauberes Haar war viel schwieriger einzuflechten als schmutziges. Doch Sterling sollte bei ihrem ersten Turnier in dieser Saison besonders hübsch aussehen. Christina warf einen Blick auf ihre Uhr. Wenn sie sich nicht beeilte, würde sie immer noch nicht fertig sein, wenn Jonnie zu füttern anfing, und dann würde Sterling überhaupt nicht mehr ruhig stehen.

Während Christina den nächsten Mähnenabschnitt in drei Strähnen teilte, ging sie im Kopf ihre Dressuraufgabe noch einmal durch. Arbeitstrab die Mittellinie hinunter, Volte nach rechts, von D nach H Schenkelweichen links. Sie war dabei so konzentriert, dass sie vor Schreck fast vom Hocker gefallen wäre, als sich die Stalltür öffnete.

„Du bist ja früh auf“, sagte Jonnie. „Wann bist du denn heute dran?“

„Elf Uhr zwanzig Dressur und ein Uhr dreißig Gelände. Parker holt uns in einer Stunde ab, damit wir früh genug da sind, um uns in Ruhe umzusehen."

„He, ihr. Runter da!" Jonnie wedelte vor Sterns Boxentür mit den Händen. Christina lachte, als die zwei Köpfe in der Box verschwanden. Stern hatte gelernt, die Vorderhufe gegen die Tür zu stellen, so wie Nana es machte, wenn etwas Interessantes auf der Stallgasse vor sich ging.

„Das ist das erste Mal, dass ich ein Pferd sehe, das sich für eine Ziege hält", bemerkte Jonnie kopfschüttelnd.

Mit mütterlichem Stolz blickte Christina auf Stern und Nana, die verspielt die Köpfe senkten und sich durch die Box schubsten. Noch vor einem Monat hätte Christina Stern niemals allein gelassen, um auf einem Turnier zu starten. Doch das scheue, ängstliche Fohlen, das Stern einmal gewesen war, gab es nicht mehr. Und mit Nana an seiner Seite schien es dem kleinen Hengst absolut nichts auszumachen, allein zu bleiben. Vielleicht stehe ich in ein paar Jahren hier und flechte Stern die Mähne für ein wichtiges Turnier ein, dachte sie lächelnd.

„Hey, Schönheit", sagte Melanie und riss Christina aus ihrer Träumerei.

„Oh, danke", antwortete Christina und klimperte anmutig mit den Wimpern.

Ihre Cousine schielte schräg zu ihr hinauf. „Ich meinte Sterling. Du dagegen ..."

Christina hakte die Daumen in die Träger der Latzhose, die sie immer zum Einflechten trug. Der Latz besaß genau die passende Anzahl Taschen für den Kamm, die Gummibänder, die Schere und das Klebeband. „Du bist ja nur neidisch, weil du nicht weißt, wie man sich als Mädchen vom Lande richtig anzieht."

„Das werde ich auch hoffentlich nie lernen." Melanie ließ Sterling an ihrer Hand lecken. „Schade, dass dein Turnier nicht morgen ist, dann könntest du heute mit uns zum Rennen kommen. Es ist immer viel lustiger, wenn du dabei bist", sagte sie wehmütig.

Christina war schon ewig nicht mehr auf der Rennbahn gewesen. Irgendwie hatte sie jedes Mal, wenn ihre Eltern fragten, ob sie mitkommen wolle, schon etwas anderes vor. „Starten denn auch nächstes Wochenende Pferde von uns?", fragte Christina. „Vielleicht könnte ich dann mitkommen."

Melanie grinste. „Na ja, Aileen will Missy für ein Maidenrennen im Mai nennen. Du könntest ein Wunderkind rennen sehen."

„Na, super", stöhnte Christina. „Sie scheut wahrscheinlich noch an der Tribüne, wenn alle anderen schon die Ziellinie überqueren."

„Abwarten", entgegnete Melanie lachend. „Viel Glück beim Turnier!"

Auf dem Weg nach Stony Ridge rieb sich Christina die Hände an den Knien.

„Nervös?" Parker nahm für eine Sekunde die Augen von der Straße und lächelte Christina an.

„Aufgeregt", antwortete sie. „Ich kann den Geländeritt kaum erwarten." Es war ihr Lieblingsteil einer Vielseitigkeitsprüfung: eine zwei Kilometer lange, rasante Querfeldeinstrecke, die mit zweiundzwanzig Hindernissen gespickt war.

„Ich hoffe, dein erster Geländeritt der Saison wird besser als meiner", sagte Parker.

Christina hatte natürlich in allen Einzelheiten gehört, wie Foxy beim Wassereinsprung gestolpert war und Parker über ihren Kopf hinweg ins Wasser katapultiert hatte. Ein trittsichereres Pferd als Foxy konnte man sich kaum wünschen, doch beim Querfeldeinritt durchs Gelände wurde, wie beim Galopprennen, jeder falsche Tritt sofort bestraft.

Als sie in die Zufahrt von Stony Ridge einbogen, bot sich Christina das übliche chaotische Bild. Anders als Dressur- und Springturniere oder Renntage, wo sich das ganze Geschehen auf einem Reitplatz oder einer Bahn abspielte und sich die Zuschauer um einen bestimmten Ort versammelten, um den Wettkampf zu verfolgen, hatte ein Vielseitigkeitsturnier mehr von einem Markttag, denn Pferde, Reiter und Publikum bewegten sich kreuz und quer über das Turniergelände.

Zur Linken lagen drei rechteckige Reitplätze, umgeben von niedrigen weißen Zäunen. Die Pferde und Reiter, die sich dort tummelten, waren ausstaffiert wie für einen feinen Ball. Die Pferde hatten seidig wehende Schweife und zu eleganten Zöpfchen eingeflochtene Mähnen. Die Reiter trugen schneeweiße Reithosen und perfekt sitzende schwarze Reitjacketts.

Das Bild zur Rechten der Zufahrt bot einen farbenfroheren Anblick. Die Trikots und Helmüberzüge der Geländereiter waren so bunt wie die Rennfarben der Jockeys, und ihre Pferde, deren Beine in dazu passenden Bandagen und Springglocken steckten, blähten aufgeregt die Nüstern. Später würden alle wieder zu ihren strengen schwarzen Jacketts zurückkehren, um das Parcoursspringen auf dem Platz zu absolvieren, den dritten Teil der Vielseitigkeit.

„Ich hole schon mal unsere Startnummern ab, während du einen Parkplatz suchst." Christina öffnete die Beifahrertür, als Parker anhielt, um einige Reiter vorbeizulassen. Auf dem Weg zur Meldestelle verlangsamte sie ihren Schritt, um eine Reiterin zu beobachten, die gerade ein großes, schwarzes Pferd zum Start für den Geländeritt brachte. Das Paar kam ihr bekannt vor.

Das Pferd stürmte mit Riesensätzen los. Es war ganz wild darauf, endlich rennen zu dürfen. Christina erkannte die Reiterin, die in konzentrierter Gelassenheit auf dem Energiebündel saß. Christina sah, wie sie mit ruhiger Hand die Galoppsprünge ihres Pferdes einteilte, damit es das erste Hindernis aus sicherer Distanz sprang.

Es waren Eliza und Flash. Christina hatte das ältere Mädchen im vorletzten Sommer in einem Reitlager kennengelernt. Sie hatte Eliza zuletzt vor über einem Jahr gesehen, doch offensichtlich war ihre Freundin sehr erfolgreich, wenn sie in der höchsten Schwierigkeitsklasse startete, zwei Klassen höher als Christina und Parker.

Christina bekam eine Gänsehaut, während sie zusah, wie Eliza und Flash über das zweite Hindernis sprangen und zwischen den Bäumen verschwanden. Sobald sie und Sterling die Dressur hinter sich gebracht hatten, würden auch sie fliegen.

Als Sterling in das Dressurviereck ging, die Mittellinie hinuntertrabte und bei X hielt, wusste Christina, dass sie heute gut sein würden. Sie spürte den besonders federnden Schwung in Sterlings Antritt, als die Stute in einer flüssigen Bewegung vom Halten in den Trab überging. Sterling schien es zu genießen, im Rampenlicht zu stehen und einem gebannten Publikum die Hufschlagfiguren vorzuführen. Als Christina den Kopf und die weiß behandschuhte Hand zum Gruß am Ende der Prüfung fallen ließ, schlug ihr Herz vor Freude höher.

„Guter Ritt, ihr beiden“, rief jemand, als Christina Sterling am langen Zügel aus dem Viereck ritt.

Christina drehte den Kopf. „Eliza!“

„Sterling sieht fantastisch aus“, sagte Eliza begeistert und warf ihren dicken, geflochtenen Zopf über die Schulter.

„Danke“, antwortete Christina. Das Lob des älteren Mädchens machte sie plötzlich verlegen. „Bist du mit Flash fehlerfrei durchs Gelände gekommen?“

„Nicht mal Zeitstrafpunkte. Er war toll.“ Eliza klopfte den schweißnassen Hals des Rappen.

„Und, was macht ihr zwei so?“, fragte Christina, wobei sie das Bein über Sterlings Rücken schwang und sich zu Boden gleiten ließ. „Haben sie euch schon für die *Jungen Reiter* gesichtet?“

„Die Auswahlsichtungen sind erst im Sommer“, sagte Eliza mit besorgter Miene. „Ich reite gerade Pferde auf der Rennbahn im Training und versuche, mir genug zusammenzusparen, damit wir überhaupt zur Sichtung fahren können.“

Christina war überrascht. „Du reitest Rennpferde?“

„Ja. Das gibt gutes Geld, und außerdem habe ich dabei endlich gelernt, mir das Tempo richtig einzuteilen. Das ist wohl auch der Grund, warum ich Flash dieses Jahr ohne Zeitfehler durchs Gelände bekomme.“ Das große Mädchen lächelte. „Also dann, ich reite ihn jetzt lieber weiter trocken, bevor er sich noch erkältet.“

„Viel Glück noch“, rief Christina.

„Dir auch. Und pass auf, dass ihr nach dem Wasserhindernis nicht ausrutscht. Der Boden ist ein bisschen weich“, fügte Eliza hinzu. „Bis später!“

Auf dem Weg zurück zum Hänger ließ sich Christina durch den Kopf gehen, was Eliza über das Arbeitsreiten auf der Rennbahn gesagt hatte.

„Hast du eigentlich viel dabei gelernt, als du Rennpferde

geritten bist?“, fragte sie Parker, der Foxy gerade die Gamaschen anzog.

Parker sah sie über die Schulter an. „Wird’s dir etwa schon zu langsam hier?“

„Nein“, sagte Christina. „Ich überlege, ob ich nicht anfangen soll, auf Whitebrook beim Arbeitsreiten auszuhelfen. Es bringt uns vielleicht im Gelände weiter.“

„Kann nicht schaden. Das Arbeitsreiten in England hat mir auf jeden Fall geholfen, meinen übernatürlichen Gleichgewichtssinn zu perfektionieren“, scherzte Parker, wobei er komisch mit den Augenbrauen wackelte.

„Na, dann hoffe ich nur, dein übernatürlicher Gleichgewichtssinn hilft dir heute, ein bisschen trockener zu bleiben“, konterte Christina.

„Zehn, neun, acht ...“

Christina und Sterling standen am Start zur Querfeldeinstrecke. Als der Starter das Zeichen gab, war Sterlings Kopf auf das erste Hindernis gerichtet. Christina drückte den großen Knopf ihrer Stoppuhr herunter und schloss gleichzeitig die Beine um die Seiten der Stute. Die Zeit lief!

Christina hörte nichts außer dem Donnern der Hufe und dem Wind, der an ihren Ohren vorbeipfiff, während Sterling sie zum ersten Hindernis trug – einem festen, dachförmigen Holzwall. Sie hielt die Hände ruhig am Pferdehals und streckte sich im Sattel, als Sterling den Schwerpunkt nach hinten verlagerte, um sich für den Absprung bereit zu machen. Drei Galoppsprünge, zwei, einer, dann sammelte Sterling ihre Beine unter sich und flog mit bestimmt dreißig Zentimetern Luft über das Hindernis.

„Fein, Mädchen“, lobte Christina. Sterling galoppierte weiter über die Wiese und zögerte nur kurz, bevor sie über einen breiten, mit Brettern ausgekleideten Graben sprang – den Coffin. Christina wusste nicht, was sich besser anfühlte: wenn sie über die mächtigen Hindernisse flogen oder wenn sich Sterlings Hufe nach der Landung wieder ins Gras gruben und sie weitergaloppierten, vorbei an Zuschauern und Hindernisrichtern. Sie liebte den gleichmäßigen, schnaubenden Atem, den Sterling mit jedem Galoppsprung ausstieß, während sie Baumstämme, Wasserhindernisse und steile Tiefsprünge überwanden.

Sie war sich nicht sicher, wann genau die Veränderung eintrat, doch als Sterling das vierzehnte Hindernis, den Heuwagen, hinter sich ließ und den Hang hinaufgaloppierte, musste Christina plötzlich richtig treiben. Normalerweise drängte Sterling gegen das Gebiss und galoppierte frisch nach vorn zum nächsten Hindernis. Doch das Tempo der Stute ließ eindeutig nach.

Christina setzte sich im Sattel zurück und versuchte, die Situation einzuschätzen. Die Stute galoppierte gleichmäßig, also lahmte sie nicht. Sie wird müde, begriff Christina, als Sterling einen zusätzlichen Galoppsprung einlegte, bevor sie über den Holzstoß sprang. Sie konnte sich nicht erinnern, Sterling je außer Puste erlebt zu haben, doch ihr war sofort klar, warum es heute passierte. Christina hatte sich in letzter Zeit so viel mit dem Hengstfohlen beschäftigt, dass sie Sterling nicht genügend trainiert hatte. Und jetzt überforderte sie die Stute.

„Okay, Mädchen. Gehen wir den Rest ganz ruhig an." Christina parierte Sterling zum Trab durch. Sie wusste, dass erschöpfte Pferde leichter Fehler machten. Sie konnten mit den Hufen am Hindernis hängen bleiben oder zum falschen Zeitpunkt abspringen und stürzen. Christina wollte kein Risiko eingehen.

Als sie sich dem letzten Hindernis näherten, einer geschlossenen Reihe aus aufrecht stehenden Whiskyfässern, trieb Christina jeden Tritt aus Sterling heraus.

„Einen noch, Mädchen. Das schaffst du."

Die Ohren der Stute zuckten vor und zurück, während sie die Fässer übersprang, um dann mit letzter Kraft noch einmal schneller zu werden und zwischen den Zielflaggen hindurchzufegen.

Christina schwang sich aus dem Sattel, noch bevor Sterling Schritt ging. Sie zog die Zügel über Sterlings Kopf, warf die Steigbügel über den Sattel und lockerte den Gurt. Sterling pumpte erschöpft, die Nüstern gebläht und rot von der Anstrengung, das Fell fast schwarz vor Schweiß.

„Braves Mädchen", lobte Christina sie wieder und wieder, während sie Sterling um die Abreitewiese führte. Ihr Pferd hatte alles gegeben; Christina hoffte nur, dass sie ihm nicht zu viel abverlangt hatte. Die Flanken der Stute hoben und senkten sich noch immer, und während Christina sie langsam trocken führte, beschloss sie, auf das Parcoursspringen zu verzichten. Das war es nun wirklich nicht wert. Außerdem hatte sie es eilig, nach Hause zu kommen und zu sehen, wie es Stern ging.

„Einer geschafft, noch drei vor uns", sagte Parker, als sie vom Turnier nach Hause fuhren.

Sterling und Foxy hatten beide fehlerfreie Geländeritte hingelegt, und so waren sie ihrem Ziel, die vier fehlerfreien Runden zu sammeln, die sie benötigten, um sich für dreitägige Große Vielseitigkeitsprüfungen zu qualifizieren, einen großen Schritt näher gekommen.

Als Christina nicht antwortete, fragte Parker: „Bist du traurig, weil du das Springen versäumt hast?"

„Nein“, sagte Christina, in ihrem Sitz zusammengesunken. „Ich mache mir nur Sorgen um Sterling, weil sie heute so erschöpft war. Das ist alles.“

„Sie war nur kaputt vom Gelände“, erwiderte Parker. „Nächstes Mal teilst du dir das Tempo besser ein.“

Christina betrachtete Parkers silbergraue Schleife für den zweiten Platz, die am Innenspiegel hing. Sterling wäre vielleicht auch platziert worden, wenn Christina im Gelände ein anderes Tempo geritten wäre. Sie dachte wieder an ihr Gespräch mit Eliza. Vielleicht sollte ich es wirklich mit Arbeitsreiten probieren, dachte sie.

Nachdem Christina Sterling warmes Mash zubereitet und sie für die Nacht versorgt hatte, sah sie nach Stern. Der kleine Hengst ruhte im Stroh, die Augen geschlossen, das Maul auf Nanas Rücken gelegt. Die Ziege hatte die Füße unter sich gezogen und käute still wieder. Christina beschloss, die beiden nicht zu stören, und schleppte ihre Turnierausrüstung zum Haus.

Sie hörte das Lachen, sobald sie die Tür öffnete. Aileen, Samantha, Melanie und Naomi saßen um den Küchentisch.

„Guter Tag auf der Rennbahn?“ Christina warf ihre Sachen neben der Vorratskammer auf einen Haufen.

„Wind Chaser hat gewonnen.“ Samanthas Gesicht glühte vor Stolz auf den Hengst, der von dem berühmten Secretariat abstammte und den sie sich zusammen mit ihrem Vater Ian gekauft hatte.

„Und Misty Princess hat ein ganzes Feld voller Hengste geschlagen!“, rief Naomi aus.

Christina lächelte das junge Jockeytalent an. „Also hattest du zwei Siege?“

„Drei“, antwortete Naomi strahlend. „Ich habe auch noch einen Hengst von einem anderen Trainer geritten.“

„Wow. Gratuliere“, sagte Christina. Sie schnappte sich einen Tortillachip und beugte sich über den Tisch, um an den Dip zu gelangen.

„Wie war dein Turnier?“, fragte ihre Mutter.

Christina lächelte kurz zurück. „Ganz okay. Sterling war nach der Dressur Zweite, und im Gelände sind wir fehlerfrei geblieben, aber sie war so erledigt, dass ich sie vom Springen zurückgezogen habe.“

Aileen legte die Hand auf Christinas Arm. „Das klingt doch nicht so schlecht für deinen ersten Wettkampf in diesem Jahr.“

Christina zuckte die Achseln.

„Und wieso siehst du dann so frustriert aus?“, fragte Melanie, die auf die ihr eigene direkte Art gleich mit der Tür ins Haus fiel.

„Ich weiß nicht. Ich glaube, ich habe Sterling im Gelände überfordert.“ Sie wandte sich an ihre Mutter. „Meinst du, ich könnte vielleicht anfangen, ein paar der Rennpferde im Training zu reiten?“

Aileen riss überrascht die Augen auf. „Natürlich kannst du das. Dein Vater und ich würden uns über deine Hilfe freuen!“

Christina nahm sich noch eine Hand voll Chips und lehnte sich gegen die Arbeitsplatte. „Ich denke, es würde mir vielleicht helfen, das Tempo besser einzuteilen“, erklärte sie.

Samantha nickte. „Ich hätte es dir schon früher vorgeschlagen, aber du schienst immer so fest entschlossen, die Finger vom Rennen zu lassen.“

Christina warf Aileen einen Blick zu, aber ihre Mutter zeichnete mit dem Finger Muster in das Wasser am Rand ihres Glases. „Es ist ja nicht so, als hätte ich was gegen Rennen“, erklärte Christina weiter. „Ich finde nur Vielseitigkeit viel aufregender.“

Melanie und Naomi schüttelten die Köpfe, als wäre sie nicht ganz bei Trost, und ihre Mutter schwieg. Nur Samantha nickte verständnisvoll.

„Dann springe ich jetzt mal unter die Dusche“, sagte Christina. Sie fühlte sich plötzlich fehl am Platze.

Christina hatte nicht mal die Treppe erreicht, da fingen die anderen schon wieder an, den Tag auf der Rennbahn durchzukauen. Wenn sie auch Rennpferde ritt, dachte Christina, würde sie vielleicht nicht mehr das Gefühl haben, das fünfte Rad am Wagen zu sein.

# Kapitel 11

Als Christina und Melanie am Montagnachmittag aus dem Bus stiegen, freute sich Christina schon auf ihr erstes Training bei ihrer Mutter. Doch als sie hinaus zur Weide ging, um Nana und Stern reinzuholen, waren sie nicht da. Nichts Gutes ahnend, eilte sie zum Stall.

„Wenigstens wächst er wieder nach“, sagte Aileen gerade zu Mike, als Christina in den Stall stürzte. Ihre Eltern drehten sich zu ihr um und warteten, bis sie die Stallgasse heruntergelaufen war.

„Was ist los?“, fragte sie besorgt, als sie die ernsten Gesichter sah. „Ist etwas mit Stern?“

„Deine Ziege hat Perfect Heart den Schweif abgefressen“, sagte Mike mit strenger Miene.

Christina war so erleichtert, dass sie fast laut losgelacht hätte. Doch ihre Eltern fanden das überhaupt nicht lustig.

„Sie hat ihr die Haare fast bis zur Schweifrübe abgenagt“, fügte ihre Mutter hinzu. Sie zog die Augenbrauen noch enger zusammen. „Wie sollen wir sie in der Fliegenzeit ohne Schweif auf die Weide lassen?“

„Vielleicht könnte ich ihr eine Haarverlängerung einflechten“, schlug Christina vor, wobei sie sich bemühte, nicht zu lachen.

„Das ist kein Scherz, Christina“, sagte Mike. Seine normalerweise fröhliche Stimme war streng. „Stell dir vor, es wäre eine der Stuten gewesen, die zum Decken hier sind, und wir müssten dem Besitzer jetzt erklären, dass eine Ziege den Schweif seiner wertvollen Zuchtstute ruiniert hat.“

„Aber woher wisst ihr so sicher, dass es Nana war?“, fragte Christina. „Kann Perfect Heart nicht vielleicht auch am Zaun hängen geblieben sein?“

Aileen schüttelte ungeduldig den Kopf. „Heart war auf der Weide nebenan. Ich habe die Ziege auf frischer Tat ertappt, aber da war es schon zu spät. Hearts Schweif ist jetzt so dünn wie bei einem Appaloosa.“

„Es tut mir leid“, sagte Christina. „Wenn ich ihr vielleicht nächstes Mal mehr Heu gebe ...“

„Es wird kein nächstes Mal geben“, unterbrach ihre Mutter sie und schüttelte den Kopf.

Christina spürte, wie ihr Herz schneller schlug. „Was soll das heißen?“

Mike legte den Arm um Aileens Schulter, als ob er Christina demonstrieren wollte, dass sie die Angelegenheit bereits gemeinsam entschieden hatten. „Dies ist ein Vollblutgestüt, kein Streichelzoo“, sagte er. „Und Stern ist alt genug, um allein klarzukommen. Es ist an der Zeit, die Ziege wieder nach Hause zu schicken.“

Christina sah, dass sie ihre Eltern nicht würde umstimmen können. „Ich rufe Mrs. Devon an“, sagte sie leise.

Sobald sie das Telefonat mit Nanas Besitzerin beendet hatte, rief Christina Parker an, um mit ihm auszumachen, wann er die Ziege abholen könne. Christina beschloss, bei Stern zu bleiben, während Kevin und Parker Nana zu Mrs. Devon zurückbrachten. Christina war nicht sicher, wie Stern reagieren würde, doch Nana würde ihn bestimmt nicht so ohne Weiteres verlassen. Das Training musste auf einen anderen Tag verschoben werden – Stern brauchte sie jetzt.

„Also dann“, sagte Parker, als er vor dem Stall parkte. „Noch ein Abschiedskuss, und dann heißt es auf Wiedersehen, Ziege.“ Er sprang aus seinem Pick-up und folgte Christina in den Stall.

„Du wirst mir ganz schön fehlen, du Frechdachs“, sagte Christina. Sie kniete sich hin und nahm Nanas Gesicht in die Hände. Christina roch Blumenzwiebeln im Atem der Ziege.

„Mäh“, meckerte Nana, als sie sich Christinas Griff entzog, und wedelte mit dem Schwanz wie ein Hund.

„Na gut. Eine letzte Möhre.“ Christina fasste nach hinten und zog die Mohrrübe hervor, die sie in ihrer Gesäßtasche versteckt hatte.

„Komm. Wir müssen los, damit ich rechtzeitig zurück bin, um Foxy zu reiten.“ Parker strich sich mit dem Finger über die Oberlippe. Er tat das häufig, seit er begonnen hatte, sich zu rasieren. „Wir gehen ins Gelände. Komm doch mit Sterling mit.“

Christina nagte an ihrer Unterlippe. „Ich sehe lieber, wie es Stern geht, wenn Nana weg ist.“

Sie fürchtete, der kleine Hengst würde so reagieren wie ein Fohlen, das von seiner Mutter getrennt wurde – verängstigt und panisch. Sie konnte ihn nicht sich selbst überlassen, bevor sie sicher war, dass er okay war.

Parker nickte. „Aber vergiss nicht, wir haben nur noch zwei Wochen bis zum nächsten Turnier, den Spring Run Horse Trials.“

„Parker, kommst du?“, rief Kevin, der den Kopf zur Stalltür hereinsteckte. „Ich hab die Plane ausgebreitet.“

„Die Plane?“ Christina zog die Augenbrauen in die Höhe.

Parker wurde rot. „Du weißt schon, falls sie, äh ... wieder mal muss.“ Er zupfte am Führstrick. „Komm schon, Ziege.“

Nana, die sich darauf freute, zum Grasen hinauszukommen, ging bereitwillig durch die Tür. Stern machte einen Satz hinterher, um ihr zu folgen.

„Nein, du musst noch ein Weilchen drinnen bleiben." Christina griff nach seinem Halfter.

„Viel Glück", sagte Kevin, während er die Boxentür verriegelte. „Und sei vorsichtig." Mit diesen Worten gingen die zwei Jungs und die Ziege hinaus.

Stern wieherte so verzweifelt nach seiner Gefährtin, dass sein ganzer Körper bebte. Als der Hengst einmal innehielt, um Luft zu holen, hörte Christina Nanas klagende Antwort trotz des dröhnenden Motorengeräuschs des Pick-ups, der die Auffahrt hinunterfuhr.

Christina brach es fast das Herz, Stern so zittern zu spüren. „Ist ja gut", versuchte sie, den kleinen Hengst zu beruhigen. „Ich bin ja da."

Doch Stern rollte panisch die Augen. Als er stieg und das Halfter ihrem Griff entriss, bekam Christina plötzlich Angst. Mit größter Mühe gelang es ihr, zur Tür hinauszuschlüpfen, bevor Stern versuchte, sich seinen Weg durch die Öffnung zu bahnen.

Sie fand es furchtbar, zu schreien und mit dem Führstrick vor seinen Augen zu wedeln, doch es war die einzige Möglichkeit, ihn auf Abstand zu halten.

Als sie es aus der Box geschafft hatte, stieg Stern wieder und stellte die Vorderhufe gegen die Tür.

„Nein!", rief Christina und riss die Arme vor ihm hoch. Sie fürchtete, er könnte versuchen, hinauszuspringen und sich dabei verletzen. Stern wich zurück, seine Schreie so gellend wie die eines Hengstes, der nach der Stute ruft.

Stern galoppierte im Kreis in seiner Box herum, und seine panischen Laute zerrissen Christina fast das Herz. Sie konnte ihn jetzt unmöglich allein lassen. Als das Fohlen schließlich in den Schritt fiel und dann ganz stehen blieb, mit bebenden Flanken, das Fell schweißnass, fühlte sich auch Christina, als wäre etwas in ihr zerbrochen.

Erst Wunder, dann Nana, dachte Christina. Wie viel Unglück kann Stern noch ertragen?

Sie öffnete die Boxentür, ging wieder hinein und vergrub das Gesicht in der weichen Mähne des Fohlens. Stern stupste sie gegen die Brust und blies sie mit seinem sanften, warmen Atem an. Christina kraulte seine Ohren und sprach mit leiser Stimme auf ihn ein. „Es ist alles gut, mein Kleiner. Ich bin da. Ich lass dich nicht allein."

Später stahl sich Christina hinaus zum Stall, um wieder die Nacht bei Stern in der Box zu verbringen. Der kleine fuchsfarbene Hengst schlief unruhig. Beim kleinsten Geräusch sprang er aus dem Stroh auf und wieherte an der Tür. Am Morgen schien Stern Nana aufgegeben zu haben, doch er klebte an Christina wie ein Schatten und versuchte sogar, sich mit ihr aus der Tür zu drücken, als sie ihm sein Futter holen wollte. Noch bevor sie halb die Stallgasse entlanggegangen war, hörte sie wieder sein ängstliches Wiehern. Christina saß schließlich bei ihm, während er sein Frühstück fraß, und fragte sich, was sie tun sollte. Es war ein Schultag, doch wie konnte sie Stern allein lassen, wenn er so litt?

Eine Stunde bevor der Schulbus kommen sollte, eilte Christina in den Hengststall, um ihre Eltern zu suchen. Aileen füllte Kraftfutter in einige grüne Plastikeimer.

„Darf ich zu Hause bleiben, Mom?", fragte Christina. „Ich kann Stern heute unmöglich allein lassen. Er ist völlig verstört."

Aber Aileen antwortete nicht. Sie verteilte einfach weiter Schippen voll Kraftfutter auf die Eimer.

„Mom?“, fragte Christina. „Hast du gehört, was ich gesagt habe?“

Aileen warf den Messbecher in die Futtertonne und schloss den Deckel. „Ja“, antwortete sie und hob die Eimer hoch. „Und nein, du darfst nicht die Schule schwänzen. Ich will nicht, dass du wegen dieses Fohlens deine Noten gefährdest.“

Der Ton ihrer Mutter war eisig – es war der gleiche Ton, den sie immer anschlug, wenn Christina über Stern reden wollte. Bildete Christina es sich nur ein, oder mochte ihre Mutter den kleinen Hengst tatsächlich nicht? Welchen Grund konnte sie nur dafür haben?

„Aber jemand muss auf Stern aufpassen“, sagte Christina verzweifelt, während sie ihrer Mutter folgte, die mit den Eimern die Stallgasse hinunterging.

„Ich passe für dich auf ihn auf, Chris.“

Es war Mike, der in der Tür zur Sattelkammer stand.

Christina sah dankbar zu ihm auf. „Danke, Dad“, sagte sie. „Stern verkraftet das wirklich nicht gut.“

„Mach dir keine Sorgen“, versicherte Mike ihr. „Wir lassen uns etwas einfallen.“

Als Christina am Nachmittag aus der Schule kam, rannte sie direkt in den Stall, ließ ihre Tasche auf der Stallgasse fallen und eilte zu Sterns Box. Doch die Tür stand offen – Stern war nicht da.

Durch die geöffnete Stalltür erblickte sie ihren Vater, der am Zaun der kleinsten Weide nah beim Stall lehnte. Als sie näher kam, sah Christina, dass er Stern zusammen mit Silver Jane und ihrem grauen Stutfohlen Catwink auf die Weide gelassen hatte. Doch Stern hielt sich abseits in einer Ecke, und Mike sah nicht zufrieden aus.

„Er hat noch zwei Stunden lang nach dir gerufen, nachdem du weg warst“, erklärte Mike. „Ich dachte, er würde sich über ein bisschen Gesellschaft freuen, aber er macht es der armen Stute wirklich nicht leicht.“

Christina betrachtete Stern, und ein Kloß bildete sich in ihrem Hals. Der Hengst hatte sie gesehen und wieherte nach ihr, doch Silver Jane und Catwink versperrten Stern den Weg zu der Stelle, an der Christina am Zaun stand. Stern stieg auf die Hinterbeine und kam mit gesenktem Kopf wieder herunter – genau wie eine Ziege –, um Catwink mit der Stirn aus dem Weg zu stoßen. Doch Silver Jane stürzte zähneknirschend auf ihn zu und scheuchte den kleinen Hengst wieder in seine Ecke.

„Er kann sich nicht weiter so aufführen, Chris“, fuhr Mike fort. „Er muss endlich lernen, dass er ein Pferd ist. Und er sollte langsam anfangen, sich wie eins zu benehmen.“

„Ich weiß, Dad“, murmelte Christina, obwohl sie nicht sicher war, ob Stern es je lernen würde.

„Bringen wir ihn erst mal wieder rein“, sagte Mike.

Christina schnappte sich einen Führstrick und ging über die Weide zu Stern, der in der Ecke auf sie wartete. Er wieherte ihr glücklich zu, und Tränen stiegen Christina in die Augen. Wie konnte dieser kleine Hengst so wundervoll sein und ihnen dabei so viel Ärger und Kummer bereiten? Sie streichelte seine Stirn, und er stupste sanft ihre Hand an. *Ich muss einfach eine Möglichkeit finden, Stern ein glückliches Pferdeleben zu ermöglichen*, dachte Christina entschlossen, während sie das Fohlen zurück in den Stall führte.

Am folgenden Nachmittag beschlossen Christina und Melanie, Stern allein auf die Weide zu bringen. Schließlich waren es Pferde, mit denen er Probleme hatte, nicht Menschen. Solange sie bei ihm war, wusste Christina, ging es ihm gut.

Während sie auf dem Zaun saßen und Stern zusahen, versuchte Christina, sich zu erinnern, wann sie zuletzt einfach so mit ihrer Cousine die Freizeit verbracht hatte. Seit Stern auf der Welt war jedenfalls nicht.

„Wetten, wir könnten ihm das Apportieren beibringen?“, meinte Melanie. Stern hatte das Ende eines Führstricks im Maul und spielte mit Melanie Tauziehen. Das Fohlen zog so kräftig an dem Seil, dass es sie beinahe vom Zaun riss.

„Hör auf, ihn wie einen Hund zu behandeln“, schalt Christina sie. „Sonst kriegt er noch eine Identitätskrise.“

„Die hat er bereits“, entgegnete Melanie und lachte, als Stern davontrabte. Dann wirbelte der Hengst herum und trabte zu ihnen zurück. Doch statt vor dem Zaun stehen zu bleiben, stieg er auf die Hinterbeine, als wollte er Melanie die Hufe in den Schoß legen.

„Pass auf!“, rief Christina und ließ sich hinterrücks vom Zaun rollen. Melanie stürzte neben ihr zu Boden.

Stern schwenkte zur Seite weg und galoppierte wie ein Rodeopferd buckelnd um die Weide.

„Alles in Ordnung?“, fragte Christina, neben ihrer Cousine kniend.

„Glaub schon“, sagte Melanie. Der Schreck war ihr anzumerken. Langsam stand sie auf. „Er ist zu groß für so was.“

„Er ist einfach etwas ausgelassen“, verteidigte Christina ihn. Doch sie wusste, dass ihre Cousine Recht hatte. Und es würde sich nur verschlimmern. Wenn Stern nicht bald mit anderen Pferden zusammenkam, würde er mit jedem Tag gefährlicher für sie alle werden.

Ihre Eltern hatten einen Kundentermin im Hengststall, als es am nächsten Morgen Zeit war, die Zuchtstuten auf die Weide zu bringen.

Christina passte das ganz gut, da sie nicht sicher war, wie Stern auf ihr neuestes Vorhaben reagieren würde. Sie wartete, bis Jonnie mit zwei der Stuten und ihren Fohlen den Stall verlassen hatte, um sie auf die vordere Weide zu bringen, bevor sie auf die Stallgasse eilte.

„Ich bringe dich und Raven auf die Koppel", erklärte sie Perfect Heart, während sie die Stute die Stallgasse hinunterführte.

Um Raven, das Fohlen von Perfect Heart, brauchte sie sich nicht zu kümmern, denn das hübsche, schwarze Stütchen trabte dicht an der Hinterhand seiner Mutter, als wäre es mit einer unsichtbaren Schnur angebunden.

Christina hatte die beiden ausgewählt, da Perfect Heart so brav und gutmütig war – gutmütig genug, um eine Ziege ihren Schweif abfressen zu lassen! Christina konnte sich nicht vorstellen, dass Perfect Heart Stern etwas tun würde. Nur weil Stern mit einer Stute und ihrem Fohlen aneinandergeraten war, musste es mit einer anderen noch lange nicht genauso laufen.

Als sie zurück in den Stall ging, um Stern zu holen, wartete Melanie in der Box. „Wenn deine Eltern auf dich sauer werden, ist das eine Sache", bemerkte ihre Cousine. „Das Schlimmste, das dir passieren kann, ist 'ne Woche Hausarrest oder so. Aber was ist mit mir? Nachher schicken sie mich noch zurück nach New York."

„Sei nicht so ein Angsthase. Gar nichts wird passieren", sagte Christina. „Außer, dass wir den Bus verpassen, wenn wir uns nicht beeilen", fügte sie hinzu.

Sie führten Stern auf die Koppel, ohne dass sie irgendjemand ansprach und fragte, was sie denn da machten. So weit, so gut.

Christina führte den kleinen Hengst bis zur Mitte der Koppel und löste den Führstrick vom Halfter.

„Los, ab mit dir, Stern“, sagte Christina zu ihm. „Spiel mit Raven.“

Sie schwenkte die Arme in der Luft, doch Stern stand einfach nur da wie eine Statue und starrte Perfect Heart und Raven an, als hätte er noch nie im Leben ein Pferd gesehen. Er benahm sich wirklich wie ein Kind am ersten Schultag.

„Du Dummerchen“, sagte Christina und streckte die Hand aus, um Sterns angespannten Hals zu klopfen. „Sei einfach du selbst – ich bin mir ganz sicher, dass ihr beiden euch gut verstehen werdet.“

Perfect Heart graste bereits zufrieden, doch ihr süßes Rappfohlen war unternehmungslustiger. Raven tat ein paar Schritte auf Stern zu. Ihre Nüstern zitterten. Stern blieb stehen, und Christina schlich rückwärts Richtung Zaun, um die beiden Fohlen nicht zu stören.

Raven machte zwei weitere Schritte auf Stern zu, und der Hengst streckte den Hals aus. Ihre Nasen berührten sich fast.

Plötzlich drehte Raven ab, stürmte davon und galoppierte auf ihren langen Beinen um die Koppel.

Und da wurde auch Stern schlagartig munter. Mit einem Quieken setzte er der kleinen Stute hinterher, den buschigen Schweif hoch erhoben, und verfolgte sie im Galopp über das Gras.

War das Spaß oder Ernst? Christina schlug das Herz bis zum Hals, während sie beobachtete, wie Stern vor dem Stutfohlen zum Halt schlitterte.

Und dann galoppierte er wieder los, diesmal mit Raven

auf den Fersen. Sie jagten einander über die Weide, wichen Perfect Heart mit knappen Schlenkern aus und fegten an Christina und Melanie vorbei, als wären sie gar nicht da.

„Sie spielen Fangen", sagte Melanie.

Christina war stolz und glücklich.

Stern hatte seine erste Pferdefreundschaft geschlossen.

Am Nachmittag traf Christina an der Koppel auf ihren Vater. Auf den Weidezaun gestützt, sah er Stern und Raven nachdenklich beim Spielen zu. Etwas weiter von ihnen entfernt holte Aileen gerade Pride's Perfection von der Koppel.

„Sie haben so viel Spaß", sagte Mike lächelnd, als er Christina sah. „Da dachte ich mir, ich lasse sie den ganzen Tag draußen."

Christina stellte sich zu ihrem Vater und sah zu, wie Stern mit den Zähnen Ravens Widerrist schubberte. Die kleine Stute hatte die Augen geschlossen und nickte genussvoll mit dem Kopf, während ihr neuer Freund die für sie selbst schwer zu erreichende Stelle kratzte.

„Hey, mein Kleiner", rief Christina dem Hengst zu. Doch Stern war zu sehr mit Raven beschäftigt, um zu antworten. Er musste ein bisschen zu fest geknabbert haben, denn plötzlich quiekte Raven, stieg kurz auf die Hinterbeine und jagte dann in vollem Tempo davon.

Die kleine Stute rannte zum anderen Ende der Weide, dicht gefolgt von Stern. Am Zaun hielten sie nicht an, sondern galoppierten weiter um die Koppel herum, als wäre es eine Rennbahn.

In dem Moment kam Aileen den Weidezaun entlang, um Pride's Perfection in den Waschstand vor dem Rennstall zu führen. Sie blickte nicht einmal kurz in ihre Richtung. Doch als Stern an ihr vorbeigaloppierte, blieb Aileen stehen und starrte ihn wie versteinert an. Ihr Gesicht war gespenstisch weiß.

Vielleicht sieht Mom jetzt, wie wundervoll Stern ist, dachte Christina hoffnungsvoll. Doch Aileen starrte den kleinen Hengst bloß weiter mit versteinerter Miene an, während er vorübergaloppierte.

Bald hatte Stern das Stütchen eingeholt, und Seite an Seite rannten sie an Christina und Mike vorbei. Sterns Fell glänzte wie Kupfer in der hellen Sonne, während er an Raven vorbeizog und in einen schwungvollen Trab fiel, sobald er sie überholt hatte.

„Was für ein Hengst“, hauchte Mike.

Christina starrte ihren Vater ungläubig an.

„Ja, Chris“, sagte Mike ernst. „Er macht wirklich was her. Und er sieht Wunder jeden Tag ähnlicher. Wenn er sich weiter so entwickelt, haben wir hier womöglich einen zukünftigen Champion im Stall.“

Tränen stiegen Christina in die Augen, und sie musste den Kopf abwenden. Sie war sich nicht sicher, ob ihrem Vater bewusst war, wie viel ihr seine Worte bedeuteten. Wenn sie nur ihre Mutter dasselbe über Stern sagen hören könnte. Doch Aileen drehte ihnen den Rücken zu und führte Pride's Perfection zum Waschstand.

„Dann kann er jetzt also jeden Tag mit Raven raus“, sagte Melanie, die den Kopf ins Badezimmer steckte, als sich Christina fürs Bett fertig machte. „Dein Problem ist gelöst.“

„Sieht so aus.“ Christina spuckte einen Mund voll Zahnpasta ins Waschbecken.

Sie wusste nicht genau, warum, doch Sterns Veränderung machte sie nicht so glücklich, wie sie erwartet hätte.

„Na schön. Vielleicht sagt mir ja irgendwann einer mal,

warum hier eigentlich alle so empfindlich sind“, murmelte Melanie, während sie sich davonstahl. „Gute Nacht, Griesgram.“

„Gute Nacht“, rief Christina ihr hinterher.

Melanie hat Recht, dachte Christina, als sie zurück in ihr Zimmer ging. Seit Wunder gestorben ist, benehmen sich tatsächlich alle anders. Besonders Mom.

Doch Christina hatte keine Ahnung, was sie unternehmen konnte, um die Dinge zum Besseren zu wenden.

# Kapitel 12

„Schön, zur Abwechslung mal zu sehen, wie sich jemand anderes auf unserem Heupferd quält“, bemerkte Melanie am folgenden Samstag.

Mit einem Stöhnen setzte sich Christina zurück in den kleinen Rennsattel, der auf zwei übereinander gestapelten Heuballen befestigt war – ihrem „Pferd“ für die erste Woche ihres Trainings als Arbeitsreiterin. Ihre Beinmuskeln zitterten von den anstrengenden Versuchen, in den kurzen Jockeysteigbügeln zu stehen. Doch wenn sie Rennpferde reiten wollte, dann auch richtig.

„Vielleicht gibt Aileen dir ja Missy“, sagte Melanie mit einem teuflischen Funkeln in den Augen.

„Nur wenn ich meinen Vielseitigkeitssattel benutzen kann“, erwiderte Christina. „Mit diesem winzigen Ding könnte ich mich niemals auf Missy halten.“

„Da gewöhnst du dich dran, Chris“, sagte Melanie lachend und ging die Stallgasse hinunter. „Es wird einfacher, wenn sie dich auf ein echtes Pferd setzen.“

Christina fasste mit einer Hand in den Heuballen, als sie beinahe wieder das Gleichgewicht verlor. „Hoffentlich“, murmelte sie.

„Na, hast du’s langsam raus?“, rief Parker von der Stallgasse, von wo aus er ihr zugesehen hatte.

Christina wurde knallrot. Ich muss total bescheuert aussehen, wie ich hier auf den Heuballen hocke, dachte sie.

„Bin schon mal besser geritten“, scherzte sie, während sie ihren Sitz korrigierte.

„Sieht ganz schön anstrengend aus“, bemerkte Parker, als er die Heuballen musterte.

Christina lachte und fiel beinahe herunter, als sie wieder aus dem Gleichgewicht geriet. Parker sprang ihr zur Seite und fasste ihren Ellbogen. Christina griff seine Schulter, um sich zu stützen, und stieg unbeholfen ab.

„Ich glaube, das reicht für heute“, sagte sie verlegen. „Wie sieht's mit einem richtigen Ritt aus?“

„Foxy wartet schon“, erwiderte Parker und zeigte auf die Stallgasse, wo seine hübsche, braune Stute angebunden war.

„Sterling ist auch fertig“, sagte Christina. „Ich will nur noch schnell nach Stern sehen.“

Parker folgte ihr nach draußen. Der kleine Hengst graste mit Raven und Perfect Heart auf der Koppel.

Nun, da er Pferde hatte, von denen er lernen und mit denen er spielen konnte, machte Stern täglich Fortschritte. Der Hengst und Raven waren die dicksten Freunde, und jeden Morgen stand Stern an seiner Boxentür und wieherte ungeduldig nach Christina, bis sie ihn hinaus auf die Weide ließ. Stern hatte seinen Fohlenpelz vollständig verloren, und sein kupferfarbenes Fell glänzte von den vielen Stunden im warmen Sonnenschein.

„Er sieht Wunder wirklich jeden Tag ähnlicher“, bemerkte Parker. „Ich kann es kaum erwarten, bis mein Großvater ihn sieht.“

Christina antwortete nicht, doch sie wusste, was Parker meinte. Clay Townsend hatte für Wunder und ihre Fohlen immer einen besonderen Platz in seinem Herzen bewahrt. Er würde beeindruckt sein, wenn er Stern sah.

Der Fuchshengst sah glücklich und zufrieden aus. Christina wusste, dass sie sich nicht mehr um ihn sorgen musste. Jetzt, da sie sich nicht mehr so viel um das Hengstfohlen kümmern musste, hatte Christina wieder mehr Zeit, um Sterling zu reiten. Und nach einer Woche Trockenübungen auf den Heuballen war sie auch so weit, mit dem Training als Arbeitsreiterin zu beginnen.

„Ich möchte dich als Erstes auf Pride's Perfection setzen", eröffnete Aileen ihr, als Christina am Samstagmorgen in den Rennstall kam.

„Meinst du wirklich, ich bin so weit?", fragte Christina nervös. Sie war sich nicht sicher, ob sie tatsächlich schon von den Heuballen auf ein Pferd umsteigen konnte.

Aileen lächelte ermutigend. „Natürlich bist du das. Wenn es nach mir gegangen wäre, hätte ich dich schon vor Jahren eingesetzt."

Christina runzelte die Stirn und wandte sich Perfections Box zu. Sie konnte nicht anders, als Aileens Bemerkung als Spitze zu verstehen, die sie daran erinnern sollte, dass sie nie besonderes Interesse am Rennreiten gezeigt hatte.

Doch es war schön, ihre Mutter wieder so fröhlich zu sehen. Christina hoffte nur, Aileen würde nicht enttäuscht von ihr sein.

Sie führte den fünfjährigen Hengst aus der Box, um ihn zu putzen und zu satteln. Christina war froh, nicht auf einer unberechenbaren Zweijährigen wie Missy anfangen zu müssen. Perfection ging nun seine dritte Rennsaison und hatte unter dem Sattel perfekte Manieren.

Christina war immer noch dabei, Perfection zu striegeln, als Melanie Missy fertig gezäumt und gesattelt auf die Stallgasse führte.

„Bis gleich auf der Bahn, es sei denn, du willst ihn auch noch einflechten", zog Melanie sie auf.

Christina streckte ihrer Cousine die Zunge raus, bevor sie sich wieder Perfection zuwandte. Warum schiebe ich es vor mir her?, fragte sie sich. Doch sie kannte die Antwort. Sie hatte das Rennreiten all die Jahre gemieden – was nun, wenn sie der Aufgabe nicht gewachsen war?

Perfection schnupperte an der Kardätsche in ihrer Hand und schüttelte ungeduldig den Kopf.

„Sollen wir, mein Junge?“ Sie nahm den winzigen Arbeitssattel, den sie in der Nähe des Anbindehakens auf dem Boden abgelegt hatte. Er war so klein und leicht, dass Christina sich fragte, wie sich ein Galopp mit so wenig zwischen sich und dem Pferderücken wohl anfühlen würde.

Als Christina endlich fertig war und Perfection zur Trainingsbahn hinunterführte, sah sie Melanie mit Missy zurück zur Startmaschine traben. Missy blähte die Nüstern, an Hals und Bauch traten ihr die Adern hervor.

„Sie hat sich gut angefühlt“, rief Melanie Aileen zu. „Wie war ihre Zeit?“

„Nicht schlecht“, antwortete Aileen. „Zweihundert in zehn und ein paar Gequetschten.“

Melanies Augen weiteten sich. „Zweihundert Meter in nur knapp über zehn Sekunden? Wenn sie das beibehält, wette ich, dass sie am Samstag gewinnt!“

Aileen zuckte mit den Achseln. „Bei einer Stute wie ihr weiß man nie, wie sie sich in ihrem ersten Rennen anstellt.“ Sie lächelte Christina an. „Alles klar? Soll ich dir raufhelfen?“, fragte sie fröhlich.

Wie Mom aufblüht – hier ist sie wirklich in ihrem Element, dachte Christina. „Bleibt mir wohl nichts anderes übrig“, erwiderte sie, während sie versuchte, das nervöse Flattern in ihrem Magen zu ignorieren.

Sie legte das Knie in Aileens verschränkte Hände und

wurde in den Sattel gehoben. Als Nächstes hockte sie auch schon hoch oben auf Perfections Rücken.

„Brr", machte sie und parierte den Hengst reflexartig durch, als er zur Seite trat.

Aileen steckte Christinas linken Stallschuh in den Steigbügel und überprüfte die Länge. „Die sind ein bisschen lang, aber das geht schon. Hat keinen Zweck, die Bügel gleich beim ersten Mal zu kurz zu machen."

„Die sind lang?", sagte Christina staunend. Ihre Beine begannen schon jetzt, weh zu tun. „Sie kommen mir schon zehn Zentimeter kürzer vor als beim Geländeritt!"

„Na ja, das Pferd hat genug damit zu tun, ein Rennen zu laufen. Da braucht es nicht noch Reiterbeine, die ihm gegen die Seiten hauen." Aileen legte den Kopf schief. „Perfection kommt gerade erst aus einem Rennen, also soll er sich nur ein bisschen bewegen, um locker zu werden."

Christina nickte. Sie versuchte, zu ignorieren, wie feucht sich ihre Hände an den Zügeln anfühlten.

„Trab ihn einmal rechtsherum um die Bahn. Er soll gar nicht denken, dass er heute Morgen rennen wird. Dann, wenn er sich gut anfühlt, lass ihn angaloppieren. Hast du mich verstanden?"

„Ja", antwortete Christina. Doch als sie die Beine schloss, um Perfection anzureiten, fühlte sie sich auf einmal wieder wie mit vier Jahren, als ihre Mutter sie auf Wunders Rücken gesetzt und herumgeführt hatte. Die Steigbügel waren so kurz, dass sie ihre Beine nicht gebrauchen konnte, und sie musste sich zusammennehmen, um sich nicht am Sattel festzuhalten. Stattdessen konzentrierte sie sich so gut sie konnte darauf, ihr Gewicht über dem Schwerpunkt und den Blick geradeaus zu halten.

Als Perfection die Mitte der Bahn erreichte, schwang er

den Kopf herum und sah Christina an, als wollte er fragen: Und jetzt? Christina atmete aus. Jetzt oder nie.

Da sie ihren Beinen nicht traute, schnalzte sie mit der Zunge. Perfection reagierte mit einem schwungvollen Trab, der Christina hoch über den Sattel hinauswarf. Sie erinnerte sich, wie man sich als Anfänger fühlte, wenn man verzweifelt versuchte, das Gleichgewicht zu finden. Die kleinste Bewegung ihrer Füße ließ sie im Sattel nach vorn oder nach hinten kippen, bis sie sich schließlich über Perfections Widerrist beugte und eine Hand voll Mähne griff, um sich festzuhalten. Perfections Ohren spielten vor und zurück, doch der Rhythmus seiner langen Beine blieb gleichmäßig, und als sie den ersten Bogen erreichten, hatte Christina den Dreh allmählich raus.

Sie fasste die Zügel nach und schob die Hände weiter an Perfections Hals hinauf. So konnte sie sich besser ausbalancieren. Ihre Beinmuskeln waren erschöpft vom Leichttraben, also versuchte Christina, in den Bügeln stehen zu bleiben, ähnlich wie beim Sprung über ein Hindernis.

Perfection interpretierte die Änderung ihrer Sitzposition als Zeichen zum Angaloppieren. Er sprang eifrig nach vorn, bis sich Christina zurücksetzte und ihn wieder zum Trab durchparierte. Als sie eine Runde zurückgelegt hatten, rief Aileen: „Lass ihn jetzt galoppieren! Aber langsam!“

„Okay, mein Junge“, trieb Christina ihn an und ließ ihm gleichzeitig mehr Luft. Sofort fiel Perfection in einen raumgreifenden Galopp.

Christina hatte genug Rennen und Rennfotos von Aileen auf Wunder gesehen, um zu wissen, wie der professionelle Sitz eines Jockeys aussah: den Oberkörper weit nach vorn gebeugt, die Brust tief, die Arme nach vorn gestreckt. Sie imitierte die Haltung so gut sie konnte, und Perfections

Galoppade wurde länger und länger, bis er nur noch dahinzugleiten und kaum mehr den Boden zu berühren schien. Christina folgte dem Rhythmus seines Galopps mit einem ständigen weichen Annehmen und Nachgeben der Zügel. Als sie zum zweiten Mal an ihrer Mutter vorbeikam, bewegten sie und Perfection sich, als wären sie eins – und es fühlte sich fantastisch an!

„Das reicht für heute, Chris!“, rief Aileen. „Nimm ihn langsam zurück.“

Christina war versucht, so zu tun, als hätte sie die Stimme ihrer Mutter hinter sich nicht gehört. Sie wollte Perfection galoppieren lassen. Sie wollte spüren, wie er sich unter ihr streckte, bis er rannte wie der Wind.

Aber nicht heute. Und auch nicht an einem anderen Tag, wenn sie sich nicht an die Anweisungen hielt. Mit einem Seufzen setzte Christina sich tief in den Sattel und parierte Perfection erst zum Trab und dann zum Schritt durch.

Der Sattel fühlte sich nicht mehr annähernd so komisch an wie zu Anfang, doch ihre Beinmuskeln schmerzten. „Braver Junge“, lobte Christina und beugte sich nach vorn, um Perfections warmen, fuchsfarbenen Hals zu klopfen, während sie in einem Bogen zurück zum Tor ritt. Mike stand jetzt bei Aileen, und Christina sah ihre Eltern beide glücklich strahlen.

„Das war wunderbar, Chris!“, rief Aileen ihr zu. „Wie hat es sich angefühlt?“

„Großartig!“, antwortete Christina wahrheitsgemäß.

„Du siehst aus wie ein echter Profi“, begeisterte sich Mike. „Vielleicht gibt es für dich ja doch eine Zukunft im Rennsport, hm?“

Christina hielt vor ihnen an und spielte mit Perfections Mähne. „Also, ich habe nie gesagt, dass ...“, fing sie an.

Warum konnten ihre Eltern nicht einfach akzeptieren, dass sie lieber Vielseitigkeit ritt? Das Lächeln begann von den Gesichtern ihrer Eltern zu weichen. „Aber es hat Spaß gemacht“, fügte sie hastig hinzu. „Und ich glaube, es wird mir fürs Gelände eine Menge bringen.“

Mike trat vor, um Perfection festzuhalten, damit Christina absteigen konnte. „Vielleicht sehen wir dich eines Tages da oben auf Stern“, sagte ihr Vater, als sie sich vom Rücken des großen Hengstes schwang.

„Ja“, erwiderte Christina. „Aber dann bei Olympia, nicht auf der Rennbahn“, stellte sie fest.

„Wenn er jemals reitbar ist“, warf Aileen mit versteinertem Gesichtsausdruck ein. Sie wandte sich ab, bevor Christina antworten konnte.

Christina sah ihrer Mutter nach. Also bilde ich es mir nicht nur ein, dachte sie wie vom Donner gerührt. Mom mag Stern wirklich nicht.

Der Gedanke beunruhigte Christina. Es war so untypisch für ihre Mutter, sich einem Pferd gegenüber so zu verhalten, noch dazu bei Wunders Fohlen. Was hatte Stern ihr nur getan? Soweit Christina es beurteilen konnte, war er das wunderbarste Fohlen der Welt. Irgendwann wird Stern auch Mom für sich gewinnen, hoffte Christina. Wenn Aileen ihm nur eine Chance gab.

Im Mai ritt Christina bereits so viele Pferde im Training wie Melanie. Sie zählte die Tage bis zu den Ferien, wenn sie endlich mehr Zeit für Stern und Sterling haben würde.

Am Morgen des Kentucky Derby machten sich Christina und Melanie wie immer früh auf den Weg zum Rennstall.

„Vielleicht hat Parker es ja vergessen“, sagte Melanie und gähnte verschlafen.

„Das bezweifle ich. Er hält es für die beste Idee, die er je hatte“, entgegnete Christina lachend.

Parkers Idee war, Christina und Melanie am Derbytag statt ihrer normalen Morgenarbeit ein eigenes kleines Rennen austragen zu lassen. Er hatte die Mädchen überredet, Rennfarben zu tragen und Nummern an den Satteldecken ihrer Pferde zu befestigen – Christina auf Perfection war Nummer eins, Melanie auf Missy Nummer zwei.

Parkers Plan klang eigentlich ganz lustig, daher hatten sich die Mädchen bereit erklärt, mitzuspielen. Christina hatte auf dem Dachboden zwei alte Rennblousons ihrer Mutter ausgegraben. Sie trug Blau und Weiß für Whitebrook, Melanie trug Gold und Grün, die alten Farben von Townsend Acres. Parker hatte Samantha, Tor und ganz Whitebrook als Publikum eingeladen.

Auf der vorderen Weide trabte Stern am Zaun entlang. Er hatte den kleinen Schweif aufgestellt, und seine Hufe schienen kaum den Boden zu berühren. Die vergangenen Nächte waren so mild gewesen, dass sie angefangen hatten, die Stuten und Fohlen auch nachts zum Grasen draußen zu lassen. Stern sah einfach umwerfend schön aus, und Christina schwoll vor Stolz die Brust. Niemand hätte geahnt, dass Stern bei seiner Geburt fast gestorben wäre und die ersten Lebensmonate in solch einem jämmerlichen Zustand verbracht hatte. Jetzt war er das größte Hengstfohlen auf Whitebrook, und Christina konnte es kaum erwarten, bis er alt genug war, um einen Reiter zu tragen. Er würde es allen zeigen!

Perfection stand so unerschütterlich und gelassen da wie immer, während Christina ihn für ihr Rennen fertig machte. Ein Stück die Stallgasse hinunter hörte sie Missy Theater machen – wie immer.

„Schluss jetzt!“, schrie Melanie, als Missy begann, auf der Stallgasse zu scharren, und ihr Aluminiumbeschlag mit einem fiesen Geräusch über den Beton kratzte.

„Na, bereit zum Rennen?“, rief Christina ihrer Cousine zu.

„Bereit zum Siegen, wenn du das meinst“, entgegnete Melanie kämpferisch.

„Ich setze mein Geld auf Missy“, rief Kevin vom Stalleingang aus.

„Und ich hab meine Ersparnisse auf Perfection gesetzt“, sagte Parker, wobei er Christina zuzwinkerte.

Sie wurde rot. Parker konnte manchmal so charmant sein.

„Ich komm mir in diesem Renndress lächerlich vor“, sagte Christina unsicher.

„Du siehst aber sehr professionell aus“, entgegnete Parker. „Und du auch, Melanie.“

„Danke“, antwortete Melanie. „Vielleicht sollte ich das ab und zu auch in der Schule tragen“, sagte sie lachend. „Meint ihr, das könnte meinen Noten helfen?“

„Alles würde deinen Noten helfen“, bemerkte Christina mit einem boshaften Funkeln in den Augen.

„He!“, entgegnete Melanie.

„Kommt schon, ihr zwei. Spart euch das fürs Rennen auf!“, unterbrach Parker sie. „Wir wollen die Fans nicht warten lassen.“

Unten an den Rails der Trainingsbahn drängten sich Aileen, Mike, Samantha, Tor, Naomi, Jonnie und sogar George Ballard und verteilten Donuts und Kaffee untereinander. Christina warf einen kurzen Blick zu ihnen hinüber. Dann richtete sie die Augen nach vorn und ritt mit der gelassenen, professionellen Haltung eines echten Jockeys durch das Tor. Aus den Augenwinkeln sah sie ihre Cousine an. Melanie kauerte sich tief über Missys Sattel und verzog das Gesicht zu einem gespielten höhnischen Grinsen, als wäre Christina ihre schlimmste Feindin. Christina konnte sich gerade noch beherrschen, nicht in Gekicher auszubrechen.

Sie trabten zum Achtelmeilenpfosten, um ihre Pferde aufzuwärmen, bevor sie wendeten und zurücktrabten. Parker und Kevin standen an der Startlinie und hielten rote Halstücher in den Händen.

„Okay“, rief Parker. „Stellt eure Pferde auf!“

Christina hielt Perfection an. Sie spürte, wie sich seine Muskeln in Erwartung des bevorstehenden Galopps anspannten. Sie nahm die Zügel kürzer und beugte ihren Oberkörper so weit nach vorn, dass ihr Kinn fast Perfections Widerrist berührte.

Neben ihnen ritt Melanie Missy im Kreis. Die Stute tänzelte vor Ungeduld, während Kevin die Sekunden bis zum Start herunterzählte: „Fünf, vier, drei, zwei, eins ...“

„Los!“, schrien beide Jungen im Chor.

Perfection sprang nach vorn wie eine gespannte Feder, doch Missy hatte einen fliegenden Start und übernahm die Führung. Christinas Hände bewegten sich im gleichmäßigen Rhythmus von Perfections kraftvollen Galoppsprüngen vor und zurück, während er die Verfolgung aufnahm. Melanie lenkte Missy dicht ans Rail und setzte sich dort fest, über den Rücken der Fuchsstute geduckt wie ein grün-goldener Käfer. Christina grub die Knie in den Sattel und steuerte Perfection ebenfalls ans Rail. Die Lücke zwischen den zwei Pferden schloss sich.

In Perfection steckte noch jede Menge mehr, und Christina hielt die Zügel mit festem Griff, um am Schlussbogen anzugreifen. Es machte ihr nichts aus, abzuwarten, und sie hielt sich dicht hinter Missy, während sie um die Bahn galoppierten. Sie atmete im Takt von Perfections Galoppsprüngen und genoss das Tempo und die Kraft in vollen Zügen – es war herrlich!

Als sie aus dem hinteren Bogen kamen, schob Christina die Hände an Perfections Hals vor und kauerte sich noch tiefer. Perfection schaltete in den höchsten Gang und schoss mit lang gestrecktem Hals nach vorn. Vor ihnen steckte Melanie kurz den Kopf unter den Ellbogen, um ihre Geschwindigkeit einzuschätzen. Sie hatte sie kommen hören!

Perfection schob sich neben Missy, bevor er an ihr vorbei und auf die Zielgerade zog. Christina grinste trotz des Drecks, der zwischen ihren Zähnen knirschte. Sie hatte das Gefühl, als würde sie fliegen! Sie fegten am Tor vorbei, und die kleine Gruppe, die dort stand, jubelte und applaudierte, als sie vorbeigaloppierten.

Christina parierte Perfection zum Trab durch und wendete ihn in dem Moment, als Melanie vorbeischoss.

„Nicht schlecht!“, schrie ihre Cousine, und Christina reckte den Daumen in die Höhe.

Als sie die Zuschauer am Rail erreichte, lachten und jubelten alle, als hätte sie tatsächlich gerade das Kentucky Derby gewonnen.

„Du hast es geschafft!“, frohlockte Parker.

„Du siehst da oben genau wie deine Mutter aus“, sagte Mike stolz. Er hatte den Arm um Aileen gelegt.

Aileen wischte sich über die Augen, doch sie strahlte vor Freude. „Dass ich das noch mal erlebe“, murmelte sie.

Christina wurde auf einmal verlegen. Es war bloß ein Training, aus dem sie ein albernes Rennen gemacht hatten. Was war schon groß dabei?

Sie drehte sich im Sattel, um auf ihre Cousine zu warten, die Missy im Schritt zu ihnen zurückritt. Die Stute warf ihren hübschen Kopf hoch. Ihr Hals war schweißnass, doch sie sah aus, als würde sie am liebsten gleich noch eine Runde drehen.

„Nächstes Mal krieg ich dich“, rief Melanie grinsend. „Warte nur, bis wir richtige Rennen reiten. Ich werde dich jedes Mal schlagen.“

„Na klar“, johlte Christina in gespielt kämpferischem Ton und saß ab, während Parker Perfection festhielt. „Du wirst meinen Staub fressen!“ Doch bei sich dachte sie: Als ob ich je in einem richtigen Rennen reiten würde.

Aber auf einmal kam ihr der Gedanke gar nicht mehr so abwegig vor. Was wäre, wenn sie tatsächlich Jockey werden würde? Und Stern ein Rennpferd? Vielleicht konnten sie ja wirklich das Kentucky Derby gewinnen – das echte.

# Kapitel 13

Am folgenden Samstag machte Christina mit Sterling auf einem flachen Wiesenstück neben Whitebrooks größter Weide Stangenarbeit. Später wollte die ganze Familie Missy in ihrem ersten Maidenrennen laufen sehen, doch Christina blieb noch genügend Zeit für einen ausgiebigen Ritt, bevor sie losfuhren.

Sterling konzentrierte sich auf Christinas unsichtbare Hilfen und hob jeden einzelnen Huf achtsam über die Stangen, die in zwei Reihen ausgelegt waren, sodass sie ein riesiges X im Gras bildeten. Christina ritt Achten über die Stangen, immer hin und her, erst im Trab, dann im Galopp. Schweiß rann der Stute den Hals hinab, und Christina setzte sich zurück, parierte Sterling zum Schritt durch und ließ die Zügel länger, damit sich die Stute ein Weilchen ausruhen konnte.

Sie ritten am Zaun der Weide entlang, auf der Stern zufrieden graste.

„Hey, mein Kleiner!“, rief Christina. Der Hengst hob beim Klang ihrer Stimme den Kopf und wieherte. Er betrachtete sie und Sterling einen Augenblick, bevor er den Kopf wieder zum Grasen senkte. Nachdem Stern so gut mit Raven und Perfect Heart klargekommen war und mittlerweile alle Fohlen auf der Weide waren, hatten Aileen und Mike entschieden, Stern mit allen anderen Fohlen und ihren Müttern zusammen rauszulassen.

Christina hielt Sterling an, um ihr Hengstfohlen einen Moment lang anzusehen. Stern streckte den glänzenden Hals so weit es ging hinunter und spreizte die Beine, um an das frische Gras zu gelangen. Er fraß geschäftig, doch zwischendurch blickte er immer wieder auf und betrachtete die anderen Pferde aus klugen, bernsteinfarbenen Augen. Er benahm sich wie ein kleiner Leithengst, der ganz allein für die Sicherheit und Zufriedenheit seiner Herde verantwortlich war.

Seufzend nahm Christina die Zügel auf und drückte den inneren Schenkel an, um Sterling darum zu biegen. Doch irgendwie war ihr nicht mehr danach, mit Sterling zu arbeiten. Auf einmal wünschte sie, sie könnte Stern reiten. Sie wendete Sterling und ließ die Stute langsam zurück zum Stall spazieren, wobei sie hin und wieder zur Weide hinübersah, um ihren hübschen Stern zu bewundern, der im Sonnenschein Klee fraß.

Auf der Rennbahn herrschte bereits reges Treiben, obwohl es noch zwei Stunden bis zum ersten Rennen waren. Seit Monaten war Christina nicht mehr mit ihrer Familie zur Rennbahn gefahren, doch sie fühlte sich sofort heimisch, sobald sie ihrer Mutter durch das Tor zu den Stallbereichen folgte. Wo sie auch hinsah, führten Helfer große, elegante Vollblüter zwischen den Gebäuden entlang. Einige der Pferde trugen leuchtend bunte Decken auf dem Rücken und farblich passende Bandagen um die Beine. Andere waren gewaschen und gestriegelt worden, bis ihr Fell glänzte. Alle waren sie schlank und drahtig, und in ihren Muskeln ruhte die Kraft, schnell wie der Wind zu rennen.

„Komm, suchen wir Naomi und Missy“, sagte Melanie und packte Christina am Ärmel.

„Mike hat gesagt, sie sind in Stall drei. Geht ihr Mädchen nur schon vor. Da sind noch ein paar Leute, mit denen ich reden möchte“, sagte Aileen und winkte sie mit einer Armbewegung weiter. Sie trug ihre Trainerkleidung: helle Khakihosen und einen blauen Blazer. Für sie waren Renntage Arbeitstage, die sie nutzte, um mit anderen Besitzern und Trainern ins Gespräch zu kommen.

Christina sog genussvoll die Luft ein, während sie die mit Sägespänen bestreuten Wege vor den Ställen entlanggingen. Sattelseife und Pferdeshampoo mischten sich mit dem süßlichen Geruch von Heu zu ihrem Lieblingsparfum. Eine knisternde Spannung lag in der Luft, getragen vom leisen Murmeln der Pfleger, die ihre Pferde fertig machten, dem herzhaften Lachen der Besitzer, die ihre wertvollen Tiere begutachteten, und dem ernsten Kopfnicken der Jockeys, die von Trainern mit Schiebermützen oder zerbeulten Strohhüten ihre Rennorder empfingen.

„Da ist sie“, sagte Melanie und zeigte auf die orangefarbene Fuchsstute mit dem hübschen Hechtkopf.

Missy schaute sich interessiert um, während Jonnie ihre Hufe einfettete. Sie schien sich an der Aufregung um sie herum nicht im Geringsten zu stören.

„Hallo, Jonnie. Wie benimmt sie sich denn heute?“, fragte Christina und strich mit der Hand über Missys Hals. Das Fell der Stute fühlte sich unter ihren Fingern wie Seide an.

Jonnie richtete sich mit einem Ächzen auf. „Könnte nicht besser sein. Sie macht alles wie ein alter Profi mit. Wer hätte das gedacht.“ Er klopfte anerkennend auf die Kruppe der Stute, bevor er sich wieder hinunterbeugte und sich an ihre Hinterhufe machte.

„Na, gewinnst du heute dein erstes Rennen?“, säuselte Melanie in einem Tonfall, in dem Mütter mit ihren Babys redeten. Missy hob die Nase und blies gegen Melanies Wange. Christina konnte sehen, dass in der Zeit, in der Melanie das Pferd geritten und trainiert hatte, eine besondere Bindung zwischen den beiden gewachsen war. In einem Jahr würde Melanie alt genug sein, um Missy selbst in Rennen zu reiten – was für ein Team sie abgäben!

Melanie begann, Missy den letzten Schliff zu geben, während Joe Touch of Class aus ihrer Box holte. Es schien, als hätte jeder außer Christina eine Aufgabe.

„Wo sind Dad und Naomi?“, fragte Christina, die irgendwie nichts mit sich anzufangen wusste.

„Mike ist beim Schmied“, sagte Jonnie, während er den Deckel wieder auf die Dose mit Huffett schraubte. „Und Naomi hat sich kurzfristig ein paar Ritte für Avenel Farm an Land gezogen. Sie redet gerade mit dem Trainer.“

„Dann werde ich mich mal etwas umsehen“, sagte Christina. Sie schlenderte die Stallgasse hinunter, blieb stehen, um die Pferde zu streicheln, die ihr freundlich entgegenblickten, und machte einen Bogen um diejenigen, die die Ohren anlegten. Townsend Acres hatte heute ebenfalls Pferde am Start. Christina erkannte die gold-grün gestreifte Aufmachung an sechs Boxen im nächsten Stall. Ob sie auch Pferde in Missys Rennen haben?, fragte sie sich. Sie ärgerte sich, kein Programmheft mitgenommen zu haben.

Auf dem Weg, sich eins zu besorgen, holte Melanie sie ein. „Holst du uns vor dem Rennen noch etwas zu essen?“, fragte sie. „Ich verhungere gleich.“

Als Christina zum Anfang der langen Schlange am Imbissstand vorgerückt war, hatte der würzige Bratgeruch sie ebenfalls hungrig gemacht. Mit Cheeseburgern und Getränken in der Hand zogen die Mädchen sich dann in den Schatten der Tribüne zurück, um zu essen.

„Ich sollte das hier genießen, solange ich kann“, sagte Melanie, während sie die Gurkenscheibe mit dem Finger zurück unter das von Ketchup triefende Brötchen schob. „Wenn ich Jockey bin, darf ich so’n Zeug nicht mehr essen.“ Sie seufzte.

Christina lachte, als ihre Cousine versuchte, sich den übergroßen Burger in den Mund zu schieben. „Du isst es doch jetzt auch und bist trotzdem dünn wie ein Strich“, stellte sie fest.

„Stimmt“, sagte Melanie, nachdem sie geschluckt hatte. „Vielleicht werde ich ja doch nicht hungern müssen.“

Christina hörte nur mit halbem Ohr zu, während ihre Cousine von allen möglichen Diäten erzählte, denen sich Jockeys unterwarfen.

Sie dachte über Stern nach. Er schien nun einen Entwicklungsvorsprung zu haben, da die übrigen Fohlen erst in ein paar Wochen von ihren Müttern getrennt wurden. Das bedeutete immer einen Schock für die Tiere. Sie fragte sich, wie Stern auf eine Herde verzweifelt nach ihren Müttern schreiender Fohlen reagieren würde. Stern hatte sich vom ersten Tag an so gefühlt! Würde ihn das wieder an sein Trauma erinnern?

Ein Grauschimmel trabte unter ihnen vorbei. Christina sah, dass er ein Hinterbein schonte. Zu schade, dachte sie. Ein großer, älterer Mann mit einer grauen Kappe auf dem Kopf trat an das Pferd heran und fuhr mit der Hand an seinem Hinterbein hinab.

Etwas an dem Mann kam Christina bekannt vor. Als er sich aufrichtete und den Kopf drehte, sodass sie sein Gesicht sehen konnte, erkannte sie ihn. Es war Parkers Großvater, Clay Townsend.

Sie hatte nicht gewusst, dass Mr. Townsend aus Europa

zurück war. Ob er nach Whitebrook kommen wird, um sich Stern anzusehen?, fragte sie sich. Wunder und ihre Nachkommen hatten ihren Teil dazu beigetragen, Townsend Acres bekannt zu machen. Bestimmt würde Clay Townsend wissen wollen, wie Wunders letztes Fohlen aussah, auch wenn sein Sohn Stern für eine Niete hielt.

Als die Mädchen zu Mike und Aileen stießen, die schon auf ihren reservierten Plätzen saßen, wurden gerade die Pferde für Missys Rennen zu den Startboxen geführt.

„Da ist sie. Nummer vier", sagte Melanie, als die Zweijährigen der Reihe nach auf das Geläuf marschierten.

Christina sah an Missys schäumendem Maul, dass sie sich jetzt viel mehr aufregte als noch an den Stallungen. Als Missy das Begleitpferd rammte, dessen Reiter sie führte, und einen großen, weißen Schaumfleck auf das Hinterteil des Tieres drückte, musste Christina lächeln. Ganz die alte Missy, dachte sie.

Die Starthelfer führten die Pferde in der Reihenfolge ihrer Nummern in die Startmaschine. Christina bemerkte mit Stolz, wie Missy geradewegs in den schmalen Stand hineinging, ohne sich zu widersetzen. Aileen und Mike nahmen sich viel Zeit dafür, die Whitebrook-Pferde an die Startmaschine zu gewöhnen und ihnen die Angst vor den engen Gittern zu nehmen.

Alles lief wie am Schnürchen, bis sie an das letzte Pferd kamen, einen braunen Hengst, der alles daransetzte, nicht in die Startmaschine zu müssen. Vier Helfern gelang es schließlich mit vereinten Kräften, ihn hineinzubugsieren, doch Christina hielt erschrocken den Atem an, als der Hengst auf die Hinterbeine stieg.

Sie wusste nicht, wie der Jockey es schaffte, oben zu bleiben, aber eine Sekunde später rastete die Schranke hinter ihm ein, und nur einen Augenblick darauf flogen die vorderen Türen auf. Das Rennen lief!

Es war schwer, Missy in dem Pulk von Pferden, die um die Führung kämpften, auszumachen, doch als ein Fuchs zurückfiel und sich von der Gruppe trennte, erkannte Christina Naomis blau-weißen Dress.

„Gut. Sie geht nach außen!“, schrie Melanie ihr ins Ohr.

Sie nahm also den weiten Weg außen herum, und Naomi würde es nicht riskieren, Missy zu früh an die Spitze zu treiben. Da es Missys erstes Rennen war, hatte Naomi die Order erhalten, auf Nummer sicher zu gehen. Man wusste nie, was der Stute vielleicht plötzlich in den Sinn kam. Drei Pferde zogen nach vorn weg und ließen Missy an vierter Stelle zurück, als das Feld in den Bogen fegte.

„Gut so“, sagte Aileen, die Naomi von der Tribüne aus durch das Rennen zu lotsen schien. „Gib ihr etwas Raum, damit sie sich selbst zurechtfindet.“

Auf der Gegengerade verteilten sich die drei führenden Pferde über die Breite der Bahn, Julius an der Spitze und Switchback und Ten for Ten dichtauf. Missy driftete wieder in Richtung Innenrail, hielt aber trotzdem ihren Platz in der Mitte des Feldes.

Christina rechnete jeden Moment damit, dass Naomi sie nach vorn trieb, um im zweiten Bogen zur Spitze aufzuschließen, doch die Fuchsstute blieb dahinter, als würde sie in einer Schlange stehen und höflich warten, bis sie dran wäre. Christina ballte die Hände zu Fäusten, als hielte sie selbst die Zügel. Sie konnte einfach nicht anders – sie wollte auch dort draußen sein und reiten!

Als die Zweijährigen auf die Zielgerade einliefen, kam Julius kurz aus dem Takt und trieb nach rechts ab, wodurch sich das Rennen für die anderen Pferde öffnete. Ten for Ten nutzte die Chance, und als er sich gerade an der Außenseite an Switchback vorbeischob, ergriff Naomi die Initiative.

„Ja!", rief Melanie. „Hol sie dir, Mädchen!"

Langsam, aber sicher holte Missy zu ihnen auf. Als sie an Switchbacks Innenseite herankam, begann dieser, nach links zu driften.

„Sie stoßen zusammen!", schrie Christina. Doch Switchbacks Jockey winkte mit seiner Peitsche und schwenkte wieder nach rechts, sodass für Missy gerade genug Platz am Rail blieb. Bald hatten Missy und Switchback Ten for Ten eingeholt, und Kopf an Kopf jagten die drei Pferde die Bahn hinunter auf das Ziel zu. Christina konnte nicht erkennen, welches Pferd die Nase vorn hatte, als sie am Zielpfosten vorbeigaloppierten.

„Wer hat gewonnen?", fragte sie, als ihr Vater das Fernglas senkte.

„Das gibt eine Zielfotoentscheidung", sagte Mike. Seine Augen glänzten, und er schüttelte den Kopf. Doch Christina wusste, dass Missy sich in ihrem ersten Rennen sehr gut geschlagen hatte, gleichgültig wie das Ergebnis lautete.

Alle schwiegen, während sie auf den Richterspruch warteten. Endlich verkündete der Sprecher den Ausgang des Rennens: „Sieger im fünften Rennen, für sieglose zweijährige Pferde, ist die Nummer vier, Mischief Maker!"

„Wir haben gewonnen! Wir haben gewonnen!" Melanie fiel Christina um den Hals, und Christina stieß einen Jubelschrei aus.

„Na, freust du dich jetzt, dass du mitgekommen bist?", fragte Aileen. Sie fasste Christina bei der Hand und zog sie zum Absattelring.

Als Christina die Stufen hinabstieg, sah sie Mr. Townsend, der ihnen vom Geländer vor der Tribüne aus zuwinkte.

Aileen winkte zurück und formte mit den Lippen die Worte: „Ich ruf dich an.“ Dann setzten sie und Christina ihren Weg zum Siegerring fort, um bei Missy und Naomi zu sein.

Also, dachte Christina, während sie sich durch die Menge schoben, wenn Mom und Dad noch nicht gewusst haben, dass Mr. Townsend wieder da ist, dann wissen sie es jetzt. Christina sagte sich, dass es keinen Grund gebe, sich Sorgen zu machen – schließlich hatte Brad seinem Vater bestimmt erzählt, was er von Stern hielt. Doch in ihrem Hinterkopf saß die stille Angst, Brad und Clay Townsend könnten Stern für sich haben wollen, wenn ihnen klar wurde, dass er doch keine Niete war.

Melanie entschied, noch mit Naomi auf der Rennbahn zu bleiben, und Mike traf sich später mit einem potenziellen Käufer zum Essen. Also fuhren Christina und Aileen nach dem letzten Rennen allein zurück. Nach dem Trubel der Rennbahn herrschte im Auto absolute Stille.

Aileen brach als Erste das Schweigen: „Ziemlich aufregender Tag, hm?“

„Ja“, antwortete Christina.

„Ich war nicht sicher, ob Missy dem Druck auf der Rennbahn standhält, aber sie ist das Rennen wie ein echter Profi gelaufen. Naomi hat natürlich auch gute Arbeit geleistet und ihr den Rücken freigehalten.“

So ging es immer, wenn sie von der Rennbahn nach Hause fuhren. Ihre Mutter kaute jedes Rennen in allen Einzelheiten durch, als wäre sie es selbst geritten. Christinas Gedanken schweiften ab.

Wenn Stern zwei Jahre alt war, würde Melanie ihre Jockeylizenz haben – oder zumindest die eines Nachwuchsreiters. Würde ihre Cousine Stern in seinem ersten Rennen reiten? Würden sie in zwei Jahren so im Auto sitzen und über Sterns Leistung reden?

Christina versuchte, sich Stern im Siegerring vorzustellen: ein großer, kupferfarbener Fuchs mit einem herzförmigen weißen Stern. Ausgewachsen würde er sogar größer als Sterling sein. Er sah bereits jetzt aus, als wäre er den anderen Fohlen im Stall um Monate voraus, obwohl er nur ein paar Wochen älter war. Und noch dazu war er intelligent. Das konnte Christina an seinen Augen sehen.

Christinas Gedanken wanderten wieder zu dem Bild von Stern im Siegerring. War dies seine Bestimmung? Oder würde sie einen Weg finden, Stern zu behalten, um ihn auszubilden und ihn eines Tages bei den Olympischen Spielen in der Vielseitigkeitsprüfung zu reiten?

Als sie plötzlich merkte, dass Aileen aufgehört hatte zu reden und gespannt auf eine Antwort wartete, landete sie wieder in der Gegenwart.

„Na, warst du's nicht?“, hakte ihre Mutter nach.

„Was?“, antwortete Christina verwirrt.

„Warst du nicht stolz? Du warst schließlich die Erste, die mit Missy gearbeitet hat.“

Christina zuckte die Achseln. „Doch, ja.“ Wenn ihre Mutter Christinas Abwesenheit bemerkt hatte, ließ sie es sich zumindest nicht anmerken.

„Ich erinnere mich an Wunders erstes Rennen.“ Aileens Blick war auf die Straße gerichtet, und ihre Stimme klang seltsam. „Es war auf den Churchill Downs, der heißeste Tag im Juli. Die anderen Jockeys haben sich über uns lustig gemacht, weil Wunders Reiter keine Peitsche benutzte.“

Christina nickte. Sie hatte alles über Wunders Angst vor Peitschen gehört. Aileen war es damals gelungen, Wunders Vertrauen Schritt für Schritt wieder aufzubauen, und sie hatte bewiesen, dass die Stute das Zeug hatte, auch ohne Peitsche Rennen zu gewinnen.

„Wunder hatte Startposition sechs gezogen", fuhr Aileen fort. „Sie saß früh im Rennen hinter anderen Pferden fest, aber als der Jockey ihr das Kommando gab, ist sie einfach nach vorn marschiert. Brad Townsend ist vor Wut fast explodiert, als er gesehen hat, wie Wunder das Feld von hinten aufrollte. Er hat nie an sie geglaubt. Aber wir haben es ihm gezeigt. Sie ist ein großartiges Rennen gelaufen. Sie hatte so viel Herz – ich habe sie so geliebt", fuhr Aileen leise fort.

Christina hatte den Eindruck, dass ihre Mutter vergessen hatte, dass sie neben ihr saß.

„Genauso geht es mir mit Stern", sagte Christina, die ihre Gefühle für den Hengst so gern mit ihrer Mutter teilen wollte. Doch Aileens Gesicht nahm plötzlich einen leeren Ausdruck an, und sie antwortete nicht.

„Was ist mit ihm?", wollte Christina wissen.

Aber Aileen schwieg weiter.

„Mom, was passiert mit Stern? Und warum willst du nicht über ihn reden?"

Aileens Hände griffen fester um das Lenkrad. „Ich weiß nicht, was wir mit Stern machen", antwortete sie und überging die zweite Frage ihrer Tochter einfach.

„Wieso weißt du das nicht?", drängte Christina weiter. „Du weißt, was mit Raven passiert, mit Catwink und mit River und mit Rumba", zählte sie die Namen der anderen Frühjahrsfohlen auf. „Und du machst das immer. Jedes Mal, wenn ich versuche, mit dir über Stern zu reden, wechselst du das Thema oder verlässt den Raum. Warum? Was stimmt nicht mit ihm?" Die Worte sprudelten aus Christinas Mund, bevor sie sich bremsen konnte.

Aileen holte tief Luft, doch dann presste sie die Lippen aufeinander und blieb stumm.

Christina starrte sie von der Seite an. Sie wartete. „Willst du mir nicht antworten?“, fragte sie schließlich.

Die Unterlippe ihrer Mutter zitterte. „Nicht jetzt. Ich kann darüber jetzt nicht reden.“

Na schön, dachte Christina. Mit einem tiefen Seufzer sackte sie in ihrem Sitz zusammen.

Den Rest des Weges nach Whitebrook legten sie schweigend zurück.

# Kapitel 14

Die nächsten zwei Wochen vergingen wie im Flug, ausgefüllt mit Morgentraining, Semesterabschlussarbeiten für die Schule, langen Ausritten auf Sterling mit Parker und Spaziergängen mit Stern über die Weiden. Schließlich kam der Tag, an dem die anderen Whitebrook-Fohlen entwöhnt werden sollten.

Eines nach dem anderen führten Jonnie und Mike die Fohlen aus ihren Boxen. Die Kleinen gingen bereitwillig mit. Sie waren sich sicher, dass ihre Mütter ihnen gleich nachfolgen würden. Doch als das Weidetor zufiel und die Fohlen sich umsahen, waren ihre Mütter fort.

Im Stall begannen die Stuten, unruhig nach ihren Kindern zu wiehern, aber noch hatten sie nicht die volle Tragweite dessen begriffen, was mit ihnen geschah.

Christina führte Stern gleich hinter Raven hinaus. Sie hoffte, seine Nähe würde Raven beruhigen. Das schwarze Stütchen tänzelte vor ihnen her und drehte scheu den Kopf zur Seite, um Stern zuzuwiehern.

„Wie die Kleine schon flirtet“, bemerkte Mike und lachte in sich hinein, während er Raven durch das Tor führte. Christina verriegelte es hinter Stern. Dann stellten sie sich an den Zaun, um zuzusehen, was passierte, wenn die jungen Pferde merkten, dass ihre Mütter nicht kommen würden.

Ein großes, dunkelbraunes Hengstfohlen namens Rumba stieß einen schrillen, klagenden Schrei aus. Aus dem Stall wieherte seine Mutter zurück; ein kurzer, verzweifelter Laut. Plötzlich war die Luft erfüllt von den gellenden Rufen der Pferdekinder nach ihren Müttern.

Genauso hatte Stern geklungen, erinnerte sich Christina, wenn er nach ihr oder nach Nana gerufen hatte. Stern war gezwungen gewesen, schnell erwachsen zu werden, da er sein ganzes junges Leben ohne richtige Mutter verbracht hatte. Nun benahm er sich, als könne er die ganze Aufregung gar nicht verstehen. Während die anderen Fohlen am Zaun auf und ab rannten und ihre Mütter suchten, stand Stern reglos in der Mitte der Weide und sah sich das Treiben an, als würde er überlegen, was zu tun sei.

Plötzlich wirbelte Stern auf der Hinterhand herum und galoppierte in einem Bogen zurück auf die Gruppe der jungen Pferde zu. Sie reagierten, indem sie sich zusammendrängten und ebenfalls losgaloppierten. Stern jagte sie vor sich her und senkte den Kopf. Dann galoppierte er an der Gruppe vorbei, ein kupferfarbener Streifen im dichten, grünen Gras. Die jungen Pferde flitzten ihm hinterher und vergaßen ihre Mütter über der wilden Verfolgungsjagd. Stern hatte plötzlich seine eigene Herde von Bewunderern – der kleine Hengst war der geborene Anführer.

„Das ist ein wunderbares Fohlen, das du da aufgezogen hast, Christina." Clay Townsends tiefe Stimme dröhnte von hinten an ihr Ohr.

Christina wirbelte herum und sah Brad und Clay Townsend bei ihrer Mutter stehen. Sie lächelte Clay an – er war immer nett zu ihr gewesen – und ignorierte Brad.

„Parker hat mir alles darüber erzählt, wie du um den Hengst gekämpft hast. Aber es sieht aus, als seien die schweren Zeiten überstanden. Alle Achtung", fuhr Clay fort.

„Danke", sagte Christina und strahlte stolz.

„Er ist Wunders Fohlen, ganz eindeutig“, bemerkte Brad, der Stern bewundernd ansah.

Na, das klang aber letztens noch ganz anders, dachte Christina spöttisch.

„Das ist er“, stimmte Clay seinem Sohn zu. „Er hat ihr Temperament und ihre Intelligenz.“

„Du kannst ihn abholen, wann du willst“, sagte Aileen.

Christina starrte ihre Mutter an. Ihn abholen? Wovon redete sie? Ihre Mutter würde Stern doch nicht nach Townsend Acres geben, oder?

„Ich schicke Parker morgen mit dem Hänger vorbei, wenn es euch recht ist“, antwortete Clay.

Christina hatte das Gefühl, als würde der Boden unter ihr nachgeben, und sie musste die Augen schließen, um nicht das Gleichgewicht zu verlieren. Die Townsends nehmen uns Stern weg?

Ihr Vater legte ihr den Arm um die Schulter, doch Christina schüttelte ihn ab. Betäubt vor Entsetzen sah sie zu, wie sich Aileen und Clay die Hand gaben und Clay und Brad sich dann zum Gehen umwandten. Christina ballte die Hände zu Fäusten, und Tränen der Enttäuschung stiegen ihr in die Augen.

„Was ist denn hier los?“, wollte sie wissen.

Aileen kam zu Christina herüber und wies mit einer Handbewegung zu den Fohlen auf der Weide. „Du siehst doch, dass wir hier mehr junge Pferd haben, als wir versorgen können“, sagte sie. „Townsend Acres hat mehr Platz und Personal. Außerdem haben sie gerade sechs ihrer Fohlen abgesetzt, und Stern kann mit ihnen auf die Weide“, fügte sie hinzu, als wäre dies eine einleuchtende Erklärung.

„Du überlässt Stern den Townsends?“, fragte Christina. Noch während sie die Worte aussprach, konnte sie nicht glauben, dass das tatsächlich passierte. „Aber warum? Warum willst du ihn nicht?“ Ihre Stimme zitterte. „Siehst du nicht, dass mit ihm jetzt alles in Ordnung ist? Sieh ihn dir doch an!“ Sie zeigte auf Stern, der an Ravens Seite graste. „Er ist genau wie die anderen Fohlen.“

Doch ihre Mutter drehte sich nicht mal nach ihm um. Ihr Gesicht sah im hellen Sonnenlicht bleich aus, während sie Christina unverwandt ansah. „Er ist nicht wie die anderen, Christina“, sagte sie. „Du weißt das, und ich weiß das. Er ist Wunders Waise, und jedes Mal, wenn ich ihn ansehe, muss ich daran denken, was passiert ist.“

Jetzt wusste Christina also, warum Aileen Stern hasste. „Und da hast du die Townsends angerufen und ihnen gesagt, dass sie ihn holen sollen?“, fragte sie bitter.

Aileen schüttelte den Kopf. „Du weißt genauso gut wie wir, dass jedes Fohlen von Wunder zur Hälfte Townsend Acres gehört. Ich habe Clay angerufen, weil er mit uns entscheiden muss, was mit Stern geschieht. So ist es für alle Beteiligten am besten.“

Tränen der Wut schossen Christina in die Augen. „Nicht für mich!“, schrie sie. „Und nicht für Stern!“ Sah ihre Mutter denn nicht, dass Stern viel zu wertvoll war, um ihn zu teilen? Stern gehörte zu ihr. Wie sollte er ohne sie überleben? Wie sollte sie ohne ihn leben?

„Christina, wir wissen, dass du andere Pläne hattest ...“, begann ihr Vater, doch Christina schnitt ihm das Wort ab und starrte ihre Mutter wütend an.

„Du erfindest nur Ausreden, um Stern loszuwerden, weil du ihm die Schuld an Wunders Tod gibst.“ Sie schleuderte die Worte heraus wie Dolche, und es tat ihr nicht leid. Wieso sollte es auch, nach dem, was ihre Mutter ihr angetan hatte?

Aileen verzog das Gesicht und sah weg.

„Ihm geht es auf Townsend Acres besser“, sagte Mike und drückte Christinas Schulter.

Sie wand sich weg. „Warum?“, schluchzte sie. „Warum sollte es ihm da besser gehen? Warum überlasst ihr ihnen Wunders letztes Fohlen? Ich verstehe das nicht!“ Mit tränenüberströmtem Gesicht stürmte sie an ihrer Mutter vorbei. Ihre Gedanken überschlugen sich.

Sie konnte nicht zulassen, dass sie Stern abholten.

Sie würde es nicht zulassen.

Christina rannte zum Haus, um sich in ihr Zimmer zu flüchten. Doch auf der Veranda blieb sie stehen. Sie wollte nicht drinnen sein. Sie musste hier weg!

Der Boden vor ihren Füßen verschwamm durch einen Tränenschleier, und sie stolperte die Stufen der Veranda hinab. Sie rannte über den Hof, durch die Lücke im Zaun und in den schattigen Wald. Keuchend und schluchzend lief sie weiter und weiter und wurde nicht langsamer, bis sie solches Seitenstechen hatte, dass sie nicht mehr laufen konnte.

Sie setzte sich an einen Baum und weinte, bis die Schatten lang wurden und der Wind, der durch die Blätter rauschte, merklich kühler geworden war. Schließlich hörte sie von Weitem die vertrauten Rufe und das Wiehern, das für die Fütterungszeit typisch war. Dann vernahm sie das Knallen der Fliegentür, als ihre Eltern ins Haus gingen.

Jetzt konnte sie mit Stern allein sein.

Christina machte sich auf den Weg zurück. Sie hielt sich im Schatten des Hengststalls, bis sie den Zuchtstutenstall erreichte. Da drinnen wartete Stern in seiner Box, nicht ahnend, dass seine kleine Welt bald wieder erschüttert werden würde.

Sie überquerte den beleuchteten Hof und schlüpfte durch die geöffnete Stalltür hinein. Ihre Augen brauchten einen Moment, um sich an die Dunkelheit zu gewöhnen. Dann ging sie zu Sterns Box. Sie tastete nach dem Riegel und schob ihn langsam zurück. Nebenan rührte sich Sterling, die tief und regelmäßig atmete. Zu Christinas Füßen lag ein dunkler Schatten langgestreckt im Stroh: Stern.

„Alles in Ordnung, ich bin's nur", flüsterte sie.

Stern hob den Kopf und wieherte leise. Christina schloss die Tür und schlich auf Zehenspitzen durch die Box.

„Hey, Stern", sagte sie und kniete sich neben ihn. Sie fuhr mit dem Finger über sein samtenes Maul. Er atmete tief, und sie spürte die warme Luft an ihrer Hand entlangstreichen. Dann streckte sich der Hengst mit einem Seufzen wieder im Stroh aus und legte den Kopf in ihren Schoß. Sie erinnerte sich an das letzte Mal, als er so geschlafen hatte – in der Nacht, in der Wunder gestorben war.

Wie können sie dich nur weggeben?, dachte Christina. Wie können sie dich mir wegnehmen?

Warum sah Aileen nicht, dass Christina Stern so liebte, wie ihre Mutter einst Wunder geliebt hatte? Alle anderen hatten das kränkliche Stutfohlen damals aufgeben wollen. Doch Aileen hatte nicht auf sie gehört. Sie hatte zu Wunder gestanden und um sie gekämpft.

Nun musste Christina das Gleiche für Stern tun.

# Kapitel 15

Im Haus war alles ruhig, als sie hineinging. In der Küche brannte Licht, doch der Raum war leer. Christina durchquerte ihn und sah um die Ecke ins Wohnzimmer. Hier war ebenfalls niemand. Als sie sich gerade umdrehen und hinauf in ihr Zimmer gehen wollte, hörte sie ein Geräusch – ein Husten oder ein Schluchzen.

Ihre Schritte verstummten auf dem Teppich, als sie ins Wohnzimmer trat. Dann hörte sie das Geräusch wieder. Es klang tatsächlich, als würde jemand weinen. Und es kam aus dem Arbeitszimmer ihrer Mutter nebenan.

Als Christina die Tür aufstieß, sah sie ihre Mutter auf dem Boden hocken. Ihre Schultern bebten, und die Haare verdeckten ihr Gesicht, während sie ein Fotoalbum betrachtete, das aufgeschlagen auf ihrem Schoß lag. Auf dem Fußboden waren weitere Fotos von Wunder verstreut.

„Mom?“

Aileen erhob sich hastig auf die Knie und drehte das Gesicht weg. „Was ist?“

Christina betrat den Raum. „Ist alles in Ordnung?“

Aileen nickte und nahm eine Schachtel Papiertaschentücher von ihrem Schreibtisch. Eine Ecke der Schachtel erwischte die Seite eines gerahmten Fotos, das am Rand der Tischplatte stand. Aileen versuchte noch, es aufzufangen, doch es fiel, und das Glas zersprang in Stücke, als es auf dem Holzboden aufschlug.

Ihre Mutter sank wieder zu Boden, nun hemmungslos weinend, und begann, die Scherben aufzusammeln.

„Komm, ich helfe dir", sagte Christina. Sie schnappte sich den Papierkorb und kniete sich neben ihre Mutter. Aileen wehrte sich nicht, bis Christina versuchte, ihr den zerbrochenen Rahmen mit den losen Glasscherben aus der Hand zu nehmen. Die Finger ihrer Mutter umklammerten den silbernen Rahmen, und sie ließ nicht los.

Christina hatte dieses Bild immer sehr gemocht. Es war ein Foto von ihrer Mutter und Wunder, nicht im Siegerring auf der Rennbahn, sondern im kniehohen Gras einer noch ungemähten Wiese. Aileen trug eine abgeschnittene Jeans und lag ausgestreckt auf Wunders Rücken, die Arme um den Pferdehals, der wie Kupfer im Sonnenlicht glänzte. Wunder blickte in die Ferne, die Ohren nach vorn gerichtet, und die Kamera hatte sie genau im Moment des Schweifschlagens eingefangen.

„Es wurde am Tag, nachdem Wunder den Breeders' Cup gewonnen und Clay Townsend sie mir geschenkt hat, aufgenommen." Aileen sprach mit brüchiger Stimme. „Ich war der glücklichste Mensch der Welt."

„Sie war ein wundervolles Pferd", sagte Christina, doch ihre Mutter fuhr fort, als hätte sie sie nicht gehört.

„Zuerst habe ich sie geliebt, weil sie mich brauchte. Sie war der Ersatz für all die Pferde, die meine Familie verloren hatte, als wir unser Gestüt verkaufen und zu den Townsends ziehen mussten." Aileen holte tief Luft. „Aber dann habe ich gemerkt, dass ich sie mehr brauchte, als sie mich. Sie war so mutig und ehrlich ... und überleg mal, was ich ihr angetan habe!", schluchzte sie.

Christina stutzte, ungelenk auf dem Boden hockend, den Papierkorb in der einen und eine Glasscherbe in der anderen Hand. Sie wusste nicht, was sie sagen sollte – sie war sich nicht sicher, wovon ihre Mutter überhaupt redete. Sie hat Wunder nichts angetan, dachte Christina. Sie hat versucht, sie zu retten, aber es ging Wunder schon zu schlecht.

„Mom ...", begann sie schließlich.

Aileen presste die Hand vor den Mund, als hätte sie Schmerzen. „Verstehst du denn nicht? Ich habe sie umgebracht, indem ich sie ein letztes Mal für die Zucht eingesetzt habe. Ohne mich wäre Wunder noch am Leben."

Die Verzweiflung in der Stimme ihrer Mutter brach Christina fast das Herz. „Das ist nicht wahr", widersprach sie. „Du hast immer gesagt, dass sie am glücklichsten war, wenn sie Mutter sein konnte. Es ist nicht deine Schuld, dass sie gestorben ist."

Aileen schüttelte den Kopf. „Sie war zu alt. Ich hätte das wissen müssen." Aileen fasste sich mit den Händen an den Kopf, schüttelte ihn und schluchzte noch heftiger. „Ach, Chris, ich weiß, dass es furchtbar ist, das zu sagen, aber ich halte es einfach nicht aus; wo ich gehe und stehe, immer ist da dieses Fohlen und erinnert mich daran."

Christina tat es weh, ihre Mutter so verzweifelt zu sehen, doch sie war hergekommen, um für Stern zu kämpfen. Bevor sie etwas sagen konnte, redete ihre Mutter weiter.

„Und jetzt hasst du mich, weil ich ihn nach Townsend Acres gebe. Und du hast Recht – ich mache das, weil es sich jedes Mal, wenn ich Stern sehe, anfühlt, als würde jemand ein Messer in meiner Brust herumdrehen!"

Christinas Unterlippe begann zu zittern, als ihr die Schwere der Last bewusst wurde, die ihre Mutter seit Monaten mit sich herumtrug. Tränen liefen ihr über die Wangen, als sie die Arme ausstreckte, um ihre Mutter zu umarmen. „Ich hasse dich nicht", schluchzte sie. Sie hielt ihre

Mutter noch einen Moment lang fest, bevor sich Aileen aus der Umarmung zog und Christina ins Gesicht sah. Das Leiden in den Augen ihrer Mutter sagte Christina, was sie zu tun hatte.

„Ich glaube, Stern wird dort glücklicher sein", log sie, während sie gegen den Kloß in ihrem Hals ankämpfte, der sie fast zu ersticken drohte.

Aileen sah sie forschend an, als wollte sie Christina die Chance geben, es sich noch einmal anders zu überlegen. Doch auch wenn es ihr das Herz brach, Christina blieb standhaft.

„Danke", sagte Aileen leise, und die Erleichterung war ihrer Stimme anzuhören. Eine furchtbare Last schien von ihr genommen. Sie schloss die Arme um Christina und drückte sie fest an sich, und während Christina der Gedanke, Stern fortzuschicken, schier unerträglich war, wusste sie doch, dass sie das Richtige tat.

In dieser Nacht konnte Christina nicht schlafen. Lange saß sie auf der Bank am Fenster in ihrem Zimmer.

Das Licht des Vollmonds fiel durch die Fensterscheiben und verwandelte ihren Teppich in ein riesiges Schachbrett. Es war eine schöne Nacht. Etwas auf dem Hügel hinter den Ställen erregte ihre Aufmerksamkeit, und Christina kniff die Augen zusammen, um besser sehen zu können. Ihr Hals schnürte sich zu, als sie Wunders Grab erkannte, das sich wie hässlicher Schorf vom Gras abhob. Plötzlich überkam Christina ein schlechtes Gewissen, weil sie das Grab nie besucht hatte. Es sah so kahl und verlassen aus.

Christina stand auf und ging nach unten. Leise schloss sie die Tür hinter sich, als sie auf die Veranda hinaustrat. Sie nahm zwei von Aileens Hängetöpfen mit roten Geranien.

Ihre Mutter hätte bestimmt nichts dagegen. Wunder verdiente mehr als einen nacktes Fleckchen Erde auf der Wiese, und Christina wollte ihr Grab verschönern.

Das Gras unter ihren nackten Füßen war nass vom Tau. Sie lief über die Weide und den Hang hinauf zum Grab. Dort, im Mondlicht, pflanzte Christina die Blumen in einem Halbkreis, wie ein Hufeisen.

Als sie ihre Arbeit beendet hatte, setzte sie sich auf die Fersen zurück. Ein leichter Wind bewegte die Blumen, doch auf der Wiese war es still.

„Schöne rote Blumen, Wunder“, flüsterte sie. „Wie du sie beim Kentucky Derby gewonnen hast.“ In der Ferne schrie wie zur Antwort eine Schleiereule. Christina blieb still sitzen und atmete den Duft des Frühlingsgrases in einer warmen Nacht. Und dann erzählte sie Wunder alles über Stern, ihr wunderschönes Fohlen.

Es war ausgemacht, dass Parker Stern nach Townsend Acres bringen und Christina im Pick-up mitfahren sollte. Doch als es so weit war, Stern in den Hänger zu verladen, wusste Christina, dass sie unmöglich mitfahren konnte.

Wie betäubt zupfte sie am Führstrick. Der kleine Fuchshengst folgte ihr bereitwillig über den Hof zur Rampe des Hängers, an der ihr Vater und Parker warteten. Aileen war im Haus geblieben, denn sie fühlte sich schon so schlecht genug. Christina hatte Verständnis dafür.

„Soll ich ihn führen?“, fragte Mike.

Stern hatte noch nie einen Hänger von Nahem gesehen, also würde es nicht einfach sein, ihn zu verladen.

„Ja“, sagte Christina tonlos und übergab ihrem Vater den Führstrick.

„Wir bleiben hinter ihm“, bot Parker an.

Doch als Stern sah, dass Mike ihn in den Hänger führen wollte, warf er den Kopf hoch und stemmte die Beine in den Boden. Er ging keinen Schritt weiter.

Nervös sah Christina zu, wie Mike den Hals des Fohlens klopfte und den Führstrick fester griff. „Komm schon, Junge, du kannst das", ermunterte er ihn und ging vorwärts.

Stern rollte angstvoll die Augen und wich hastig zurück, wobei er Mike fast den Strick aus der Hand riss.

„Brr", machte Mike. „Ruhig, Junge."

Christina trat einen Schritt vor, und ihr Vater hielt ihr den Führstrick hin. „Hier, Chris. Ich glaube, du machst das lieber. Mit dir wird er reingehen."

Christina nahm den Strick entgegen und hob die Hand, um Sterns Stirn zu kraulen. „Ich weiß, Stern", sagte sie leise. „Ich will auch nicht, dass du gehst."

Sie lehnte sich an ihn, vergrub das Gesicht in seiner weichen Mähne und atmete ein letztes Mal seinen süßen Pferdegeruch. Stern senkte den Kopf und spielte mit den Lippen an ihrem Rücken, als wollte er sie trösten. Christina kämpfte die Tränen nieder, die schon den ganzen Morgen zu fließen drohten.

Sie holte tief Luft und blickte zu ihrem Vater und Parker auf, die sie besorgt beobachteten. Ich kann das, sagte sie zu sich. Es ist ja nicht so, als würde ich Stern nie wieder sehen. Ich kann ihn auf Townsend Acres besuchen, und Parker wird dort ein Auge auf ihn haben.

„Komm, mein Kleiner." Sie löste sich von Stern, um seinen Hals zu klopfen. „Dir passiert nichts."

Christina wandte sich wieder zum Hänger. Die gähnende Öffnung erschien ihr wie ein riesiges Maul, das Stern für immer verschlucken wollte. Doch sie wusste, wenn sie zögerte, würde Stern wieder stehen bleiben. Sie ging weiter, ohne sich umzudrehen. Hinter sich spürte sie, wie Stern ein paar kleine, unsichere Schritte tat. Dann gab er sich einen Ruck und folgte ihr in den Hänger.

Mike und Parker machten die Rampe zu und verriegelten sie. Christina hakte mit zitternden Fingern die Anbinder im Hänger an Sterns Halfter. Sie blickte in Sterns liebe, kluge Augen und schluchzte auf, als sie ihren Tränen endlich freien Lauf ließ.

Sie hätte ihn am liebsten klein gezaubert und mit in ihr Zimmer genommen, um ihn für immer zu behalten, wie ein Plüschtier. Doch Stern war ein Vollblut mit einer Galopperkarriere vor sich. Würde er sich in einem Jahr überhaupt noch an sie erinnern können?

Parker spähte zur kleinen Tür an der Vorderseite des Hängers herein, und Christina wich zurück.

„Bist du fertig?“, fragte er behutsam.

Christina nickte. Parker reichte ihr die Hand, um ihr aus dem Hänger zu helfen.

Christina vergrub das Gesicht an seiner Schulter. „Ich kann nicht mitkommen. Ich bleibe hier“, schluchzte sie verzweifelt.

„Kein Problem“, beruhigte Parker sie und streichelte ihren Rücken. „Ich kümmere mich um ihn. Er wird das gut überstehen. Ganz bestimmt.“

„Ich mache die Tür zu“, sagte ihr Vater, und Christina war ihm dankbar. Stern aus der Öffnung herausblicken zu sehen, wenn sie sich umdrehte, hätte es noch schlimmer gemacht.

Die Tür schloss mit einem Klicken. Im Inneren wieherte Stern und scharrte nervös mit dem Huf.

Die Zufahrt schien sich im Kreis zu drehen, als sich Christina umdrehte und ihm zurief: „Ich bin da, Stern!“

Stern wieherte wieder. Er klang jetzt noch verzweifelter,

und Parker drückte Christinas Hand. „Ich fahre lieber, bevor er noch einen Aufstand macht“, sagte er.

Christina nickte und trat zurück. Sie verschränkte die Arme vor der Brust und sah mit Tränen in den Augen zu, wie Parker in den Wagen sprang und den Motor startete. Sterns Rufe schallten durch die Luft, und jeder einzelne davon brach ihr das Herz.

Christina und Mike blickten dem Hänger nach, der langsam davonrollte, und mit ihm Stern, der von Fremden aufgezogen und trainiert werden sollte.

Wie wird es ihm dort gehen?, fragte sich Christina verzweifelt. Was soll ich jetzt machen?

Parkers Pick-up und der Hänger bogen auf die Straße ab und verschwanden aus ihrem Blickfeld.

Zu ihrer Rechten sah Christina ihre Mutter auf der Veranda stehen, ganz allein. Mike legte Christina den Arm um die Schulter und dirigierte sie sanft zum Haus. Während sie gingen, schrie ein einsames Fohlen auf der Weide nach seiner Mutter. Dann legte sich eine beklemmende Stille über den Hof.

Christina war sich sicher: Whitebrook würde nie wieder so sein, wie es mal war.

Hat dir dieses Buch gefallen?
Die „Vollblut"-Serie und viele andere spannende Pferdebücher gibt es nur beim PonyClub!

Mehr Infos zum Club bekommst du hier:

**Von Joanna Campbell sind im PonyClub bereits erschienen:**

*Vollblut-Serie:*

Ein Pferd namens Wunder (Vollblut 1), 1998
Wunders Versprechen (Vollblut 2), 1998*
Wunders erstes Rennen (Vollblut 3), 1998*
Wunders Sieg (Vollblut 4), 1998*
Aileens Traum (Vollblut 5), 1998*
Wunders Jährling (Vollblut 6), 1998*
Samanthas große Hoffnung (Vollblut 7), 1999*
Keine Hoffnung für Sierra (Vollblut 8), 1999*
Um den höchsten Einsatz (Vollblut 9), 1999*
Letztes Rennen für Stolz (Vollblut 10), 1999*
Wunders Schwester (Vollblut 11), 2000*
Shinings Waisenkind (Vollblut 12), 2000*
Cindys Ausreißer (Vollblut 13), 2000*
Cindys junger Hengst (Vollblut 14), 2000*
Glorys Triumph (Vollblut 15), 2001*
Glory in Gefahr (Vollblut 16), 2001*
Aileens Abschied (Vollblut 17), 2001*
Glorys Rivale (Vollblut 18), 2001*
Cindy muss sich entscheiden (Vollblut 19), 2002*
Rebell der Rennbahn (Vollblut 20), 2002*
Champion im Rampenlicht (Vollblut 21), 2002*
Duell in der Wüste (Vollblut 22), 2002
Ein Sturz mit Folgen (Vollblut 23), 2003
Das Pferd ihrer Träume (Vollblut 24), 2003
Melanies Schatz (Vollblut 25), 2003
Sterlings zweite Chance (Vollblut 26), 2003
Neue Hürden für Christina (Vollblut 27), 2004
Reiterferien auf Saddlebrook (Vollblut 28), 2004
Melanie unter Verdacht (Vollblut 29), 2004
Dylans Entscheidung (Vollblut 30), 2005
Ein Zuhause für Melanie (Vollblut 31), 2005

Cassidys Geheimnis (Vollblut 32), 2005
Der Herausforderer (Vollblut 33), 2006
Der Ruf der Rennbahn (Vollblut 34), 2006
Rennen um jeden Preis (Vollblut 35), 2006

***Aileen-Serie:***

Lightnings letzte Hoffnung (Aileen 1), 2000*
Ein Pferd zu Weihnachten (Aileen 2), 2000*
Warten auf Stardust (Aileen 3), 2001*
Kampf um Midnight (Aileen 4), 2001*
Der Verlierer (Aileen 5), 2001
Ein gefährlicher Ritt (Aileen 6), 2002*
Der Tag des Derbys (Aileen 7), 2002
Das verschwundene Fohlen (Aileen 8), 2003
Ein Herbst voller Abschiede (Aileen 9), 2003
Derby-Träume (Aileen 10), 2004
Aileens Versprechen (Aileen 11), 2004
Das Reitercamp (Aileen 12), 2005
Der Preis (Aileen 13), 2005
Rangers letzte Chance (Aileen 14), 2006
Stardusts Fohlen (Aileen 15), 2006

Der wilde Rebell, 1998*
Ein Stern geht auf, 1998*

*nicht mehr lieferbar